Roma Ligocka

Ein Lächeln, eine Rose

Roma Ligocka

Ein Lächeln, eine Rose

Erzählungen
mit Illustrationen der Autorin

DROEMER

Die Folie des Schutzumschlags sowie die Einschweißfolie
sind PE-Folien und biologisch abbaubar.
Dieses Buch wurde auf
chlor- und säurefreiem Papier gedruckt.

Besuchen Sie uns im Internet:
www.droemer-weltbild.de

Umschlaggestaltung: ZERO Werbeagentur, München
Umschlagfoto/-illustration: ZEFA, Düsseldorf
Illustrationen: Roma Ligocka
Reproduktion: Digital Color, Garching
Satz: Ventura Publisher im Verlag
Druck und Bindung: Franz Spiegel Buch GmbH, Ulm
Printed in Germany
ISBN 3-426-19578-X

5 4 3 2 1

Wieder für Jakob

Inhalt

Die fünf Schritte

Die Straßenbahn kam und kam nicht. Ich wartete an der Haltestelle. Es regnete, und die dicken Tropfen prasselten auf meinen Kopf, vernebelten mir die Brille, liefen mir durch den nassen Kragen kalt den Rücken hinunter. Es wurde schon dunkel, und der Tag war lang.

Unter allen Methoden, die Menschen einzuordnen in blonde und dunkelhaarige beispielsweise oder Einheimische und Emigranten, habe ich privat noch eine: Es gibt Menschen, die immer einen Regenschirm dabeihaben, wenn es regnet, und solche, die ihn gerade dann nicht haben. Ob bei Letzteren die Emigranten in der Mehrheit sind, lässt sich nicht eindeutig beweisen, aber ich vermute es.

Ich gehöre, Sie ahnen es schon, natürlich zu der zweiten Kategorie. Nie habe ich einen Regenschirm, wenn ich ihn brauche, bin aber schon oft genug im hellen Sonnenschein mit einem spazieren gegangen, was mindestens so komisch aussieht wie die umgekehrte Situation, wenn nicht noch komischer. Ich habe dann selbstverständlich versucht, mich dieses peinlichen Gegenstan-

des zu entledigen, ihn wenigstens zu verstecken. Aber versuchen Sie, einen Regenschirm in eine Damenhandtasche zu stopfen!
Es gibt doch diese schlauen kleinen zusammenklappbaren, sagten mir kluge Leute. Der technischen Raffinesse eines solchen Gerätes bin ich nicht gewachsen. Um es zu öffnen, habe ich gezogen, gedrückt, gerissen, gezerrt, mir die Finger eingeklemmt, die Nägel abgebrochen – das Einzige aber, was ich zustande brachte, war ein unförmiges Bündel, das ich so lange zu entwirren versuchte, bis es aufgehört hatte zu regnen. Und dann ging das Ganze mit dem Zusammenklappen wieder los. Nein, nein, mein technischer Verstand reicht gerade für ein schlichtes, einfaches, sperriges Modell.
An diesem grauen Tag hatte ich wieder beschlossen, dass es nicht regnen wird und dass ich einkaufen gehe, ohne diesen ... na, Sie wissen schon.
Einkaufen? Es klingt so harmlos. In Wirklichkeit, ich muss es hier gestehen, handelt es sich um ein Leiden, fast eine Krankheit. Immer wenn es mir schlecht geht, wenn mich meine Gedanken und Sorgen zu erdrücken drohen, gehe ich in die Stadt und habe einen Traum, eine Vision. Ich träume, dass ich ein Kleidungsstück finde, das wie für mich gemacht ist, das mich schön macht, strahlend, das ich wie selbstverständlich tragen kann. Das mir die Sicherheit gibt, die

ich brauche, das mir schmeichelt, mich wie eine weiche Wolke umgibt – und das ich bezahlen kann.

Ich gebe zu, es ist keine originelle Krankheit, Millionen von Frauen in tausenden von Städten haben sie, suchen das jeden Tag, stöbern in den Läden, und es werden immer mehr.

In den Luxusläden, in die ich ging, hat man mir an diesem Tag die Illusion schnell genommen. Bei jeder weiteren Boutique wurde sie kleiner. In

allen Luxusgeschäften dieser Welt fühlt man sich schnell unpassend, deplatziert, beinahe elend, wenn man die Spielregeln nicht beherrscht. Dabei gibt es im Grunde nur die eine: Sie müssen einen winzigen Pulli zum Beispiel aus Chinchilla-Seide-Gemisch mit Nerzreißverschluss zum Preis von Ihrem halben Monatsgehalt lässig durch die Finger gleiten lassen, ohne dabei nur eine Sekunde auf den Preis zu schauen, und dann, ohne mit der Wimper zu zucken, die Kreditkarte zücken. Alles andere durchschauen die Verkäuferinnen mit den hochgezogenen Augenbrauen und dem eingefrorenen Lächeln sofort. Sie können Ihnen mit einem einzigen Blick zeigen, dass selbst das Schrubben des Fußbodens im Laden noch viel zu viel Ehre für Sie wäre. Und mit einem einzigen gedehnten »auf Wieeederseeehen« klarmachen, dass Sie erst dann wieder zurückkehren sollten, wenn Richard Gere Sie zur neuen »Pretty Woman« gemacht hat.

Überall auf der Welt ist es so, aber in München hat dies noch eine spezielle Note. Denn während in anderen Städten ein einfacher Kontoauszug reichen würde, um zu beweisen, dass Sie sich dieses winzige Kaschmirtüchlein zum Preis von ungefähr fünfunddreißig Büchern (gebundene Ausgabe, versteht sich) gerade noch leisten können, brauchen Sie in München zusätzlich noch einen Stammbaum von mindestens fünf Generationen, um zu beweisen, dass in Ihrer Familie

anständige Leute waren – nicht nur blöde Emigranten. Es sei denn, Sie sind die Frau eines arabischen Scheichs. Aber das glaubt man mir trotz dunklem Haar und Akzent auch wieder nicht.
Man sollte trotzdem in solche Läden gehen, sagen die Therapeuten, um die Selbstsicherheit zu üben. Also übte ich fleißig, aber das Resultat war mäßig, vor allem an diesem Regentag. Danach ging ich in die Läden, die ich mir leisten konnte, und kaufte ein paar praktische, vernünftige Sachen, von denen ich mir einzureden versuchte, dass ich sie nicht nur brauche, sondern dass sie mir auch gefallen.
Haben Sie schon einmal einen Pulli angehabt, den sie nur praktisch und vernünftig fanden? Er fühlt sich an wie ein Reibeisen, auch wenn er aus weicher Wolle gemacht ist.
Mit vielen Tragetaschen ging es noch zum Lebensmitteleinkauf. Ich stopfte die Taschen voll Sachen, die sündhaft teuer waren, seitdem der kleine Supermarkt zur modernen Einkaufsmeile umgebaut worden war. Die Taschen wurden langsam schwer. Vor allem die zu Apothekenpreisen erstandenen Luxuskartoffeln wogen einiges.
Und so stand ich an der Haltestelle, und die Straßenbahn kam nicht. Es regnete noch stärker, und die kalten Tropfen auf meiner Stirn machten *peng … peng … peng.*
Natürlich konnte ich ein Taxi nehmen, bei dem

Geld, das ich heute ohnehin schon ausgegeben hatte, spielte es keine Rolle mehr. Aber: Es war nicht weit genug zu mir nach Hause, und die Taxichauffeure haben es nicht gern, wenn man nur zwei Straßen weit fährt. Ich wiederum habe es nicht gern, wenn man mir das, und sei es nur mit dem mir zugekehrten Rücken, eindeutig zeigt.

Außerdem, die reichen Leute sind auch deswegen reich, weil sie nicht ständig Taxi fahren – hat meine Mutter immer gesagt. »Nur meine Tochter ist eine so verwöhnte Prinzessin«, meinte sie. »Titel ohne Mittel«, unterstützte sie eifrig mein Mann. Ich bin zwar selbst in Zeiten nicht reich geworden, in denen ich es vermieden habe, Taxi zu fahren, aber das ist eine andere Geschichte.

Es regnete noch stärker, wenn das überhaupt möglich war – oder regnet es an den Haltestellen ohne Überdachung immer stärker als anderswo?

Eine Frau gesellte sich zu mir, groß und füllig, auch mit vielen Einkaufstaschen, aber im Gegensatz zu mir mit einem großen Regenschirm.

Wie du jetzt wieder aussiehst, dachte ich, wie ein Idiot. Mit deinem dünnen Mäntelchen und den weich werdenden Tüten, die neben mir stehen. Man sieht dir an, dass du eine Fremde bist, eine, die nicht weiß, wie man sich bei diesem Wetter verhält. Diese Ausländer, denkt die Frau sicher, sind sogar zu dumm dazu, sich einen Regenschirm zu besorgen.

Glauben Sie mir, auch wenn Sie sich nie als Emigrant gefühlt haben, in dieser Situation fühlen Sie sich als doppelter Emigrant!
Ich krümmte mich unter den auf mich prasselnden Regentropfen genauso wie unter den Blicken der Frau. Also begann ich zu reden: »Dass es auf einmal so regnen muss – heute früh hat es gar nicht danach ausgeschaut …«
Sie antwortete nicht.
»Wirklich schlimm, dieses Wetter«, fing ich wieder an.
Keine Antwort.
»Man darf ja nie den Regenschirm vergessen«, sagte ich und lächelte.
Schon besser. Sie lächelte zurück.
»Sonst habe ich ihn immer dabei«, log ich. »Wirklich!«
Da tat sich der Himmel auf, und ein Wunder geschah. Die Frau machte fünf Schritte auf mich zu, stellte sich neben mich und hielt ihren Schirm über uns beide.
Sie war größer als ich und, wie gesagt, füllig, mein Gesicht landete auf ihrem Busen. Sie roch nach Rosinenbrötchen. Um das Gleichgewicht nicht zu verlieren, legte ich meine Arme um ihre Hüften. So standen wir eng umschlungen, und zwischen uns war nur Wärme und Geborgenheit.
Wir sagten kein Wort, bis die Straßenbahn kam.
Verlass mich nicht, geh nicht weg! – wollte ich ihr noch zurufen. Mit diesen fünf Schritten hast

du den Weg zu meinem Herzen gefunden. Und wer den Weg zu meinem Herzen findet, der bleibt dort für immer.
Sie hat mich auch nicht verlassen. Immer wenn es regnet, denke ich an sie. Vor allem wenn ich wieder meinen ...

Die Gartenlaube

Für Gudrun

Die Gartenlaube, sagte meine Mutter verträumt, die Gartenlaube war unser Lieblingsplatz. Aus schön geschwungenem altem Holz gemacht, dicht bewachsen mit duftenden Rosen – wir nannten sie Pavillon.

Hier standen die Musikanten, die der Großvater aus der Stadt mitbrachte, damit sie für seine Gäste spielten. Einmal hat er sogar welche aus Wien mitgebracht, sehr zum Missfallen der Großmutter. Hier küssten wir uns, dein Vater und ich, zum ersten Mal. Das Lächeln meiner Mutter wurde breiter, die schrägen Falten um die Augen wurden tiefer. Auch meine Geschwister bekamen dort ihren ersten Kuss – glaube ich. Hier tranken wir nachmittags oft unseren Tee. Am liebsten aber saß hier die Tante Amalie. Auf bunten Kissen gebettet, mit der Stickerei in der Hand, wartete sie auf ihren Sohn, der von der Schule durch das Gartentor kommen sollte. Von hier konnte sie ihn am schnellsten sehen, und sie wollte sein Kommen nicht verpassen.

Tante Amalie war Witwe und hatte nur einen

Sohn, Salomon. Ihr Mann war in jungen Jahren gestorben. Die Männer gingen früh in unserer Familie, sagte meine Mutter mit einem Seufzer, es war schon immer so.

Als junge Witwe mit kleinem Kind wohnte Tante Amalie nach dem Tod ihres Mannes im Haus ihres älteren Bruders – wie es sich gehörte. Einen zweiten Mann wollte sie nicht. Ihr ganzer Stolz, ihr ganzer Lebensinhalt war ihr Sohn.

Salomon war ein schlanker, zierlicher, blasser Junge mit dunklen, glühenden Augen und wirrem schwarzem, lockigem Haar. Er war sehr klug, las viel, brachte von der Schule immer die besten Zeugnisse. Seine Mutter liebte ihren Sohn leidenschaftlich, wie alle jüdischen Mütter. Vielleicht sogar ein bisschen mehr.

»Dein Salomon-Leben ist schon ein begabter Junge, hundertzwanzig Jahre soll er werden!«, sagte der Großvater anerkennend.

»Was heißt begabt«, Tante Amalie war beleidigt, »ein Genie ist er. Ein Genie!«

»Vielleicht wird er einmal Anwalt«, meinte Großvater versöhnlich.

»Nicht vielleicht! Ganz sicher wird er Anwalt. Es gab schon immer Anwälte in unserer Familie. Er *wird* Anwalt, das steht fest. Wenn ich noch eine Tochter hätte«, Tante Amalies Stimme bekam einen träumerischen Klang, »wäre sie Ärztin. Aber *er* wird Anwalt!«, sagte sie und schaute aus dem Fenster, als könne sie dort die strahlende

Zukunft ihres Sohnes sehen. Sie nannte ihn auch jetzt schon so: »Leg das Buch weg, Anwalt, und iss deine Suppe, sonst wird sie kalt!«, sagte sie zärtlich zu ihm, und auch wenn es ein Scherz sein sollte, man wusste, dass sie es ernst meinte.

Der Frühsommer des Jahres 1936 war besonders warm und sonnig. Es war ein strahlend schöner Tag, die Bäume im Garten bogen sich unter der Last reifer Kirschen, als Salomon sein Abiturzeugnis nach Hause brachte. Die ganze Familie hatte sich im Salon versammelt, um es zu begutachten. Das Zeugnis war nicht nur gut, es war glänzend, es leuchtete wie ein Stern. »Sehr gut«, stand da in Reihen geschrieben und »ausgezeichnet«. Mathematik: »ausgezeichnet«, Philosophie: »ausgezeichnet«, Deutsch, Latein: »ausgezeichnet«! Tante Amalie weinte, das Gesicht an die Schulter ihres Bruders gelehnt. Großvater las das Zeugnis dreimal ganz genau durch.

»Ausgezeichnet«, sagte er noch einmal. »Herzlichen Glückwunsch, Amalchen!« Er streichelte den mageren Rücken seiner Schwester. »Maseltov, hundertzwanzig soll er werden!«, rief er. Dann nahm er aus seiner Westentasche eine Goldmünze und drückte sie dem Neffen in die Hand.

Großmutter, schweigsam wie immer, schenkte Rosinenwein ein, und alle prosteten sich zu. Maseltov!

Nur der Held des Tages saß müde und erschöpft

in dem großen, grünen Plüschsessel und spielte gedankenverloren mit der Goldmünze.
»Du siehst blass aus, mein Leben.« Tante Amalie strich ihrem Sohn zärtlich über die Haare.
»Geh doch an die frische Luft, Kind! Geh spazieren, es ist so schönes Wetter, geh in die Sonne!«
Das tat Salomon dann auch.
»Komm nicht zu spät zum Essen!«, rief ihm seine Mutter nach.
»Es gibt Pflaumensuppe mit Reis.«
Salomon ging durch das Gartentor hinaus auf die Straße. Immer noch gedankenverloren schlenderte er durch die sonnendurchfluteten Straßen seiner Heimatstadt. Er kam an den Fluss, spazierte die Uferpromenade entlang, vorbei an dem alten Schloss, dessen Türme silbern in der Sonne glänzten. Eine Weile schaute er zwei jungen Mädchen zu, die auf einer Parkbank schnatternd und kichernd die ersten Kirschen aßen.
Später kam er an die Stelle am Ufer, wo man Paddelboote ausleihen konnte. Er nahm sich ein Boot und paddelte los. Salomon paddelte oft und gerne auf der Weichsel. Hier konnte er, alleine auf dem Wasser, sich in ein Buch vertiefen, nachdenken – dabei immer wieder das kühle Nass durch seine Finger gleiten lassen.
Der Tag wurde immer heißer, keine einzige Wolke war am graublauen Himmel. Die Sonne brannte fast unerträglich. Die weißen Mauern

des Schlosses gegenüber schienen sich in der Hitze fast aufzulösen. Salomon zog sein dunkles Jackett aus, das er zur Feier des Tages angezogen hatte, und knöpfte sein Hemd auf. Heute war er nicht allein auf dem Fluss, es waren noch andere Boote unterwegs.

Ganz in der Nähe feierten in einem großen Boot ein paar Studenten ihre bestandene Prüfung. Es waren kräftige Burschen, blond und gesund, mit weißen Verbindungsmützen. Sie waren schon ziemlich angetrunken, sangen lautstark. Eine Champagnerflasche machte die Runde. Plötzlich bemerkte einer von ihnen den schmächtigen schwarzhaarigen Jungen. »Guck mal, ein Jude! So ganz allein! Will er unseren sauberen Fluss verschmutzen?«

»Nimm deine fettigen Finger aus dem Wasser«, brüllte ein anderer, »sonst stinkt es!«

»Verschwinde, Jude! Kehr um, geh nach Hause!«

Das wollte Salomon auch tun. Er versuchte gerade das Paddelboot zu wenden, aber sie waren schon zu nah. Mit ihren starken Händen hielten sie den Rand des Bootes fest und fingen an daran zu rütteln.

»Willst ein bisschen schaukeln, Jude?«

Salomon antwortete nicht. Er war gewohnt, auf solche Pöbeleien nicht zu reagieren. »Wer den Juden nicht ehrt, soll ihn am …«, sagte seine Mutter immer (es reimte sich sogar auf Polnisch) und hob trotzig ihr Kinn.

»Schau mal, er will nicht mit uns reden! Hat es ihm sein Rabbi verboten? Oder versteht er gar kein Polnisch?«
Sie lachten, grölten, schaukelten das Boot immer stärker.
»Willst du schwimmen, Jude?«
Salomon hielt sich mit allen Kräften an seinem Sitz fest, aber er war nur ein Leichtgewicht. Auch das Boot war leicht. Plötzlich kippte es um, Salomon fiel in hohem Bogen ins Wasser und ging unter. Es dauerte nur ein paar Sekunden, aber er kam nicht wieder hoch. Denn Salomon konnte nicht schwimmen. Er verstand die hohe Mathematik, bekam »ausgezeichnet« in Philosophie, konnte in fünf Sprachen Gedichte aufsagen, aber schwimmen konnte er nicht.
Das Wasser schloss sich leise über seinem Kopf, wurde wieder zur glatten, silbernen Tafel. Nur das einsame Paddelboot drehte sich kieloben noch mehrere Male im Kreis. Das große Boot jedoch suchte das Weite, verschwand spurlos mitsamt seinen Insassen. Es hat auch später niemand nach ihnen gesucht.
Als man Tante Amalie die Todesnachricht überbrachte, saß sie in der Gartenlaube und starrte auf das Gartentor. Der Junge hätte doch schon längst zu Hause sein sollen ... Die Sonne ging gerade unter und tauchte den Garten in ein blutrotes Licht. Ein kalter Wind ging durch die Bäume.

Tante Amalie weinte nicht, sagte kein Wort.
»Komm ins Haus, Tante!«, sagte später ihre Nichte Sabine und legte den Arm um sie. »Komm ins Haus, leg dich hin, leg dich ins Bett!«
Sie aber schüttelte nur den Kopf. »Bitte lass mich hier bleiben!«, sagte sie flehend. »Hier ist es bequem, hier ist es gut. Hier kann ich ihn gleich sehen, wenn er nach Hause kommt«, flüsterte sie noch ganz leise.
Von diesem Moment an aß Tante Amalie nichts mehr und trank auch nichts. Ich habe noch nie gesehen, dass ein Mensch auf einmal aufhört zu essen und zu trinken. In der Stimme meiner Mutter klang Erstaunen.
Amalie hat die Laube nicht mehr verlassen. Sie lag auf der Bank, weinte nicht, schaute mit dunklen, trockenen Augen den Mädchen zu, wie sie das Tablett mit dem Essen brachten und unberührt wieder wegnahmen. Sie schaute zum Himmel und immer wieder auf das Gartentor. Sie schlief nicht, auch nachts nicht, ihre großen Augen waren immer offen. Eines Tages aber ist sie doch eingeschlafen – und wachte nicht wieder auf.
Meine Mutter schwieg eine Weile.
Sie hat noch Glück gehabt, die Tante Amalie, sagte sie dann trocken. »Drei Jahre später kam Hitler …«

Haben

»Na, Schneeflöckchen«, sagte eine Nutte zu Jan, »wollen wir zusammen schmelzen?«
In dieser Zeit, unserer Anfangszeit im Westen, gingen wir viel spazieren. Es war eine der wenigen Beschäftigungen, die nichts kosteten.
Die Straße, die zu unserem Haus führte, war eine elegante Einkaufsstraße. Entsprechend sahen hier die Nutten aus. Wir betrachteten sie gerne. In meiner alten Heimat habe ich kaum welche gesehen. Mein Mann – so hoffte ich – auch nicht. Sie waren versteckt in Ausländerhotels, Exklusivbars und Büros. Meistens hatten sie eine Doppelrolle; sie spionierten auch gerne ein bisschen fürs Vaterland.
Hier standen sie auf der Straße: laut, schrill, unübersehbar. Sie hatten bunt gefärbte Haare, waren modisch extravagant gekleidet, trugen endlos hohe Stiefel und kürzeste Röcke. Manchmal fuhr ein chromblitzender Straßenkreuzer vorbei, und sie stiegen ein.
»Schau, die große Rothaarige, die fehlt heute«, sagte ich.
»Vielleicht kommt sie später.«

»Und die kleine Schwarze, die mit der Lederjacke, hat einen noch kürzeren Rock.«
»Rock? Sie hat gar keinen Rock!«
Sie gehörten für uns zum Westen. Zu dieser berauschenden, leuchtenden, duftenden Welt, an die wir uns erst gewöhnen mussten. Wir kamen zwar nicht aus der Wildnis, nein, wir kamen aus einem zivilisierten, mitteleuropäischen Land. In dem es früher auch alles gegeben hat, sagt meine Mutter. Das war früher. In meiner Jugend waren in meiner Heimat die Lichter erloschen. Der Staat sparte Strom. Es gab Einheitsseife, Einheitsmännersocken – unser tägliches Leben glich immer mehr dem in einem Waisenhaus.
Wissen Sie, wie danach eine hell erleuchtete westliche Einkaufsstraße wirkt? Der Geruch von Pralinen in einer großen Konditorei? Oder der Duft französischen Parfums? Guten Tabaks? Selbst die spiegelgetäfelte Toilette eines Restaurants vermittelte ein Luxusgefühl.
Und erst die Kleider, die Hüte, der Schmuck! Wir inspizierten genauestens die Schaufenster. Wenn man sich nichts kaufen kann, glaubt man vieles zu brauchen.
In einem Schaufenster entdeckte ich ein Paar Schuhe. Sie waren aus schwarzem Leder, hinten gewölbt, hatten eine richtig runde, kleine, schwarz glänzend ausgebuchtete Ferse, wie ein Po, den man streicheln möchte. Vorne waren

sie spitz, hatten einen kleinen, süßen Schnabel, drei weiße Knöpfchen und ein weißes Schleifchen.
Können Sie es sich vorstellen?
Die Damen, ja! Die Herren? Nein!
Sie waren aber von Männern gemacht. Für Frauen. Teuflisch. Pervers.
Ich ging immer wieder an den Schuhen vorbei, zwinkerte ihnen zu. Ich dachte, wenn ich sie oft genug ansehe, gefallen sie mir nicht mehr. Aber so einfach ist es mit der Liebe nicht. Sie gefielen mir immer mehr.
Was Jan und ich nicht wussten, war, dass es so etwas wie Sommerschlussverkauf gab. Eines Tages waren meine Traumschuhe einfach um die Hälfte billiger.
Zehn Minuten nachdem ich es erfahren hatte,

gehörten sie mir. Ich trug sie oft, ich trug sie dauernd, ich trug sie überall. In Lokalen streckte ich die Beine aus, damit alle meine Schuhe bewunderten. Aber niemand interessierte sich für die Schuhe einer unbekannten kleinen Ausländerin – auch für die mit dem süßen Schnabel nicht.

»Wenn ich in diesen Schuhen in unser Künstlercafé in Warschau reinstolziert wäre, meine Kollegen wären aufgestanden und hätten die Nationalhymne gesungen«, sagte ich wehmütig zu meiner Mutter. »Aber hier …«

»Alles kann man nicht haben«, bemerkte sie trocken.

An unserem ersten Weihnachtsabend im Westen saßen wir unter einem großen Christbaum. Er war leer. Für Baumschmuck hat es nicht mehr gereicht, auch für Geschenke nicht. Wir aßen Kartoffelbrei. Draußen fing es an zu schneien.

»Ob unsere Nutten auch heute dastehen«, wollte ich wissen, »an Heiligabend?«

»Komm, lass uns gucken«, meinte Jan, »ein Spaziergang tut uns gut.«

Wir gingen hinaus in die klirrende Kälte. Die Straße war menschenleer. Nur eine einsame Nutte marschierte tapfer zwischen den Laternen. Sie hatte ein Dirndl an und einen Tirolerhut.

»Na, Schneeflöckchen?«
Ah ... ja ...!
Unser Weg in den Westen war auch ein Weg ins Erwachsensein. Aber zuerst waren wir große Kinder. Eines unserer Lieblingsspiele war »Geschenke kaufen«. Wir drückten uns die Nasen platt an den Schaufensterscheiben.
»Ich kaufe dir diesen Smoking«, sagte ich zu Jan.
»Und ich dir dieses Collier.«
Jan suchte sich in einem Fenster ein Sakko aus. Es war aus weichem grauem englischem Tweed mit Fischgrätmuster und hatte diesen supermodischtollangesagten kleinen Lederkragen. Jan hauchte die Glasscheibe an, seufzte und seufzte. »Was soll's«, meinte er schließlich resigniert. »Das, was ich ausgeben kann, reicht nicht mal für den Kragen.«
Eine tolle Blondine kam uns entgegen, auch eine von »unseren Damen«. Sie hatte prächtiges, leuchtendes langes Haar, große runde Augen und einen herzförmigen Kirschmund. Ihre endlosen Beine steckten in Schlangenlederstiefeln.
»Weißt du, Schatz? Wenn wir mal richtig reich sind«, sagte ich zärtlich, »schenke ich sie dir. Du kannst sie haben.«
Er ging schweigend weiter, mit betrübtem Gesicht.
Er hat mich gar nicht gehört, dachte ich.

Doch dann war er reif für eine Entscheidung. »Wenn wir reich sind«, antwortete er, »wenn wir wirklich Geld haben, dann kauf mir doch lieber diese Jacke!«
Er konnte sich glücklicherweise nicht vorstellen, dass man beides haben kann.

Die Heldin

»Alessandro Marconi«, ein großer weißer Ozeandampfer mit vielen Passagieren an Bord, war unterwegs von Spanien nach Italien. Auch wir waren dabei, wie so oft auf Reisen – mit dem Schiff zu fahren war viel billiger als fliegen –, wie immer mit vielen Koffern und Taschen: unserem gesamten Hab und Gut. Unser Baby Jakob, gerade ein Jahr alt, krabbelte fleißig zwischen den Füßen der Passagiere herum.

Morgens im Speisesaal servierten die smarten italienischen Kellner große Schüsseln voller runder glänzender Brötchen. »*Paniniii*«, riefen sie. »*Panini* …«

Jakob liebte diese Brötchen, wollte sie aber nicht essen, sondern warf sie, auf Papas Schultern sitzend, mit begeistertem Jauchzen den Leuten auf den Kopf. Das fanden die überhaupt nicht lustig. Sie wollten nicht verstehen, dass ein Kind spielen musste.

Nur eine ältere Frau, groß und kräftig, lachte schallend darüber, nahm das Kind hoch, wirbelte es durch die Luft.

»Du bist ein süßer Lausbub«, rief sie – eine richtige Oma!
Natürlich war sie uns gleich sympathisch, und wir spazierten gemeinsam über das Deck des Schiffes. Sie hatte blond-graue hochgesteckte Haare und eine sehr tiefe Stimme.
Abends trafen wir sie noch in der Lounge. Das Kind schlief endlich nach viel gutem Zureden. Wir hatten dies wahrscheinlich auch dem Schaukeln des Schiffes zu verdanken. Ausnahmsweise hatte ich keine Migräne, und wir genossen den Abend, waren entspannt und fröhlich.
Die Dame stammte aus Schlesien – wie Jan, mein Mann. Da haben sich wieder zwei blonde Arier gefunden, dachte ich. Jan war ganz begeistert von ihr.
In jungen Jahren, erzählte sie, war sie mit ihrem Mann ausgewandert. Sie lebte eine Zeit lang in einer richtigen Wildnis. Es waren spannende Geschichten, die unsere neue Freundin zu erzählen wusste. Wir lauschten fasziniert.
»Mit bloßen Händen haben wir die Bäume ausreißen müssen« – Jan schaute meine kleinen zarten Hände an –, »mit bloßen Händen!«
Armer Jan, dachte ich, ein anständiger Goi mit dieser kleinen, schwachen jüdischen Ehefrau bestraft!
»Und mein Kind hab ich auch ganz allein zur Welt gebracht. Im Busch. Ja, ja so war das damals«, sagte sie und stand auf.

»Jetzt muss ich gehen«, verkündete sie mit ihrer tiefen Stimme. »Ich muss mich noch mit dem Kapitän streiten. Sie sollen mir eine andere Kabine geben. Stellen Sie sich vor«, sagte sie aufgebracht, »zweitausend Passagiere gibt es an Bord. Und ausgerechnet ich muss mit einer Jüdin meine Kabine teilen! Stellen Sie sich vor! Keine Nacht werde ich mit dieser Frau verbringen! Die Juden stinken ja so! Es war ein Fehler, dass man sie nicht alle …«

In dem eisigen Schweigen, das eingetreten war, schauten wir uns gegenseitig an. In den Augen der Dame funkelte plötzlich Verständnis. Ihr Blick wanderte von Jan zu mir und wieder zu Jan.

»Ist Ihre Frau etwa Jüdin?«

»Meine Frau nicht«, sagte Jan langsam und nahm meine Hand, »meine Frau nicht. Aber ich. Lass uns gehen!« Dann drehte er sich noch mal um und schaute der Frau ins Gesicht. »Ich bin ein Jude!«

Präsens

Die Turnhalle ist voll junger Menschen. Ich lese für sie in der Schule aus meinem Buch. Ich lese über den Holocaust und auch davon, was später war. Es ist ganz still im Raum. Sie hören gut zu. Ich mag ihre jungen Gesichter und ihre hellwachen Augen.
Danach stellen sie viele Fragen. Manche davon sind recht niedlich.
»Warum wollten Sie einen Jungen haben?«, fragte eine frische Stimme.
»Weil ich kein Mädchen wollte – mehr Auswahl gab es nicht.« Es ist einfach, sie zum Lachen zu bringen, und ich lachte gerne mit ihnen.
»Warum sollte er blond sein?«, fragt der Nächste.
»Damit man nicht gleich erkennt, dass er ein Jude ist. Juden haben meistens dunkle Haare, so wie ich. Und das kann gefährlich sein, wie ihr wisst. Auch heute noch.«
Ein alter Mann steht auf. Seine Haare sind ganz weiß, seine kleinen Augen glasig und gerötet. Was macht er hier? Niemand weiß es.
»Ich bin Soldat gewesen, damals im Krieg, wissen Sie – in der Ukraine …« Er spricht sehr leise.

»Und da mussten wir ein ganzes Dorf ...« Er schweigt eine Weile, schluckt, zwinkert mit den geröteten Augen.
»Also, ich musste in ein Haus, die Leute auf den Hof treiben, die ganze Familie und ...« Er spricht so leise, dass ich ihn kaum verstehe. »Und dann musste ich sie erschießen ... Ich konnte es nicht. Ich sagte, sie sollen sich auf den Boden legen und still halten, damit meine Kameraden nichts merken. Ich, ich konnte es nicht.« Jetzt wird er laut – schreit fast. »Ich konnte es einfach nicht tun! Und die ganze Zeit danach, da dachte ich ... ich wäre feige gewesen ... habe mich nicht getraut, es jemandem zu erzählen.« Jetzt weinte er. »Ich wäre kein Mann gewesen. Ein Feigling.«
Er suchte nach seinem Taschentuch, wischte sich die Tränen ab. Ich sehe seine zuckenden Schultern, springe vom Podium herunter, laufe zu ihm – und umarme den alten Wehrmachtssoldaten.
Applaus.
Du musst mit deinen Gefühlen vorsichtiger sein, warnen mich meine Freunde. Es kann ins Auge gehen, meinen sie. Einmal umarmst du den Falschen.
Vielleicht haben sie Recht.

Die spielende Oma

Eine richtige Lebensfreude empfinden die Überlebenden des Holocaust selten. Oder sie erleben sie anders als die anderen. Unbeschwerte, sprühende Fröhlichkeit, Ausgelassensein, lautes Lachen stellen sich nicht ein. Wenn dergleichen doch durchbricht – denn das Leben ist oft stärker als der Schmerz –, dann ist es, als würde sich sofort eine kalte Hand der Erinnerung auf die Brust des Lachenden legen oder ihm über den Mund fahren. Aber wie alle Menschen brauchen auch die Überlebenden des Holocaust Freude am Leben, und manchmal, für kurze Momente wird sie ihnen auch zuteil.

Bei meiner Mutter war es so, als sie die Scherzartikel entdeckte.

Ihr Enkel Jakob war damals im richtigen Spielalter, und in dem Geschäft um die Ecke wurden damals Scherzartikel eingeführt. Die Oma und ihr Enkel kauften also haufenweise Knallfrösche, sie kauften Zigaretten, die beim Rauchen explodierten, oder Tinte, die furchtbare Flecken auf der Tischdecke machte, dann aber blitzschnell verschwand.

Sie kauften auch Watte, die man statt der Marmelade in die frisch gebackenen Krapfen stopfte und die dann an den Zähnen klebte, einen Kugelschreiber, der sich merkwürdig bog, weil er aus Gummi war, ein Plastikspiegelei, das das Frühstück ungemein bereicherte, einen Hundehaufen, den man den Nachbarn schön vor die Tür legen konnte, oder ein kleines Gummikissen, das man unter das Kissen auf dem Stuhl oder Sessel legte und das, wenn man sich setzte, ein furchtbar peinliches Geräusch täuschend echt nachahmte.
Die beiden probierten ihre Neuerwerbungen zuerst im engen Familienkreis aus. Meinem Mann explodierte mehrmals am Tag die Zigarette, sein Hemd wurde immer in den unpassendsten Momenten mit der besagten Tinte bekleckert, und ich biss in keinen hausgemachten Kuchen mehr, weil ich überall diese scheußliche Watte vermutete.
»Man kann von deinen Scherzen wirklich einen Herzinfarkt kriegen«, warnte ich meine Mutter, aber es nutzte nichts. Bei jedem mehr oder weniger gelungenen Spaß bog sie sich vor Lachen. Da ich sie bis dahin noch nie so richtig lachen gesehen hatte, sagte ich nichts mehr.
Bald mussten auch unsere Bekannten und Freunde mitmachen. Mutter lud sie zum Essen ein, machte Kuchen, um ihren Watteeffekt vorzuführen. Auch die explodierenden Zigaretten

machten die Runde. Und über das brummende Kissen lachten alle schallend – oder taten wenigstens so.
Den kleinen Enkel interessierten diese Scherzartikel bald nicht mehr besonders. Jakob war immer schon ein Denker und Tüftler, er wollte nur noch wissen, wie sie gemacht waren. Oma aber blieb bei ihren Spielen, sie wollte einfach einen Grund haben, um wieder lachen zu kön-

nen. Bald schon kamen die Gäste seltener zum Essen.
Unsere Schauspielerfreunde mochten meine Mutter sehr. Sie fütterte sie in den »dünnen Zeiten« durch, machte für sie ihre heiß begehrten Zwiebelbrötchen, wusch auch schon mal ihre Wäsche mit. Aber selbst sie schauten uns allmählich ziemlich besorgt an.
»Geht es eurer Mutter wirklich gut?«, fragten sie verlegen.
»Du gehst mit Oma nicht mehr zum Scherzartikelgeschäft!«, schärfte ich meinem Sohn ein. »Du passt auf sie auf!«
Das tat er auch, aber sie war listiger und schaffte es immer wieder, ihre peinlichen Schächtelchen heimlich nach Hause zu bringen. Ich begann dann die Sachen rigoros wegzuwerfen. Sie aber versteckte sie in ihren zahlreichen Schubladen und schaute mich nur wie die gekränkte Unschuld an.
Langsam brachten unsere Säuberungsaktionen und die strenge Missbilligung Resultate. Die Spielchen hörten allmählich auf. Nur noch selten musste ein ahnungsloser Stromkassierer daran glauben und die verschwindenden Tintenflecken an seinem tadellosen Hemd über sich ergehen lassen.
Bis wieder einmal der Priester zu Besuch kam.
Die Mutter und der Priester kannten sich schon ziemlich lange. Die beiden verband eine auf-

regende konspirative Freundschaft. Er war ein grauhaariger Mann, Mitte fünfzig, mit rundem Bäuchlein. In Polen betreute er in einem Arbeiterstädtchen nahe Krakau eine Gemeinde. Die Mitglieder dieser Gemeinde wünschten sich nichts sehnlicher als eine eigene Kirche. Der kommunistische Staat war von diesem Wunsch wenig begeistert, konnte ihn aber zu dieser Zeit nicht mehr verbieten. Er beschränkte sich auf Schikanen, so dass die Kirche zum Beispiel kein Baumaterial zugeteilt bekam. Geld hatte die Gemeinde zwar durch Spenden, aber aus Geld kann man keine Lichtschalter, Lautsprecher, Lampen und Verlängerungskabel herstellen, und zu kaufen gab es nichts. Also sandte man einen Priester nach Wien, angeblich zu religiösen Studien, der dann das Nötige besorgte. Wie meine Mutter ihn aufgegabelt hat, bleibt ihr Geheimnis, aber von Anfang an waren die beiden dicke Freunde. Dass sie eine Jüdin war, störte ihn wenig. Er nannte sie zärtlich Frau Theophila – was auch Gottesliebling heißt. Der Priester pendelte oft zwischen Wien und Krakau, denn auf einmal konnte er das gesamte Baumaterial nicht transportieren.
Sein Kommen kündigte er mit einer unauffälligen Postkarte an – falls kommunistische Aufpasser misstrauisch werden sollten –, die er mit »der Heilige« unterschrieb. Das war das Codewort. Er wohnte im Gästezimmer, guckte mit Mutter fern und schwärmte von ihrer jüdischen Küche,

besonders vom »gefillten Fisch«, den er geradezu liebte. Frau Theophila half ihm beim Einkaufen (es traf sich gut, dass ihr verstorbener Mann Bauingenieur war) und sammelte noch zusätzlich etwas Geld für die neue Kirche bei ihren reichen jüdischen Freunden.

Diesmal bereitete meine Mutter für ihren »Heiligen« eine wunderbare Bratente mit Äpfeln zu und eine Schokoladen-Sahne-Torte als Dessert. Sie freute sich, weil sie ihn mochte und weil er jemand war, der ihre Hilfe brauchte.

Nach dem guten Essen setzte man sich zum Kaffee ins Wohnzimmer – und da konnte sie doch nicht widerstehen: Im letzten Moment schob sie dem Priester unauffällig das Gummikissen unter den Sitz.

Der Donnerlaut, der dann kam, war fürchterlich. Der Priester lief rot an, fasste sich an die Brust, atmete schwer und stürzte aus der Wohnung. Meine Mutter in Schürze und Pantoffeln hinterher.

Sie lief ihm nach und fand ihn, wie sie später erzählte, auf einer Parkbank: nach Luft schnappend, kreidebleich und völlig aufgelöst. Wir betteten ihn aufs Sofa und versorgten ihn mit Herztropfen. Mutter saß die ganze Nacht bei ihm und bewachte seinen Schlaf. Es ging ihm bald besser.

Heute nehme ich an, dass das üppige Essen, der Wein und die anstrengende Reise diesen Schwächeanfall verursacht hatten. Aber damals dach-

ten wir alle nur das eine. Die Oma rührte seitdem das Teufelsspielzeug nicht mehr an. Sie spielte mit ihrem Enkel nur noch Karten, hauptsächlich Poker.
Sie hatte ihre Leidenschaft für Glücksspiele entdeckt. Aber das ist eine andere Geschichte.

Der Träumer

Mein Großvater Samuel Liebling verkaufte seine Kneipe und war überglücklich. Mit einer Brieftasche voller Geld lief er nach Hause, um seiner Frau die gute Botschaft zu überbringen. Er hatte seine alten Kellnerschuhe an, die nach einer Weile immer drückten, obwohl er sie schon über zwanzig Jahre trug. Über seinem Bauch baumelte die schwarze lederne Kellnerbrieftasche, die einer Ziehharmonika ähnlich sah. Heute war sie so voll Geld, dass sie nicht mehr zuging, und Samuel hielt schützend die Hand darüber.

Mein Großvater Samuel war ein Romantiker und ein Traumtänzer. Mit vierzehn Jahren riss er von zu Hause aus und lief von dem kleinen, dicht an der polnisch-russischen Grenze gelegenen Städtchen Rawa Ruska, in dem er geboren war, zu Fuß nach Krakau. Sein Kopf war voller Träume und Pläne. Er wollte wunderbare Dinge vollbringen und etwas ganz Großes werden. Vielleicht ein bekannter Sänger? Eine schöne, kräftige Stimme hatte er. Oder ein berühmter Geiger? Das Geigenspielen hatte er sich selbst

beigebracht und schon auf einem geliehenen Instrument bei Hochzeiten und anderen Festen gespielt. Für das damit verdiente Geld kaufte er sich sein erstes Paar Schuhe, das ihn bis nach Krakau brachte. Er dachte auch daran, ein berühmter Rabbiner zu werden, und übte bereits vor dem Spiegel große Gesten. Er stellte sich vor, wie er vor seiner atemlos lauschenden Gemeinde eine Predigt hielt. Heutzutage wäre Samuel wahrscheinlich Schauspieler geworden, aber damals war Schauspieler noch kein richtiger Beruf – und das war gut so.

Zu Hause in Rawa Ruska vermisste den Jungen niemand. Seine Eltern waren zwar rechtschaffene, anständige Menschen, die ihre Kinder aufrichtig liebten, aber es waren derer so viele, und die Wohnung war sehr eng. Und so unwahrscheinlich es auch klingt, die Eltern bemerkten sein Verschwinden nicht.

Sein Vater saß den ganzen Tag über die religiösen Bücher gebeugt und studierte die Heilige Schrift, von der Anzahl seiner Kinder hatte er jedoch nur eine verschwommene Vorstellung. Die Mutter verkaufte den ganzen Tag auf dem Markt Hühner, um die Familie zu ernähren. Wenn sie abends mit durchgefrorenen Händen und Füßen müde nach Hause kam, hatte sie Wichtigeres zu tun, als ihre Kinder zu zählen. Die Eltern entdeckten das Fehlen Samuels erst, als nach ein paar Monaten ein Brief von ihm aus Krakau kam.

Aber da war ihr Sohn schon ganz in das Großstadtleben eingetaucht und wollte nicht mehr zurück. Schnell merkte er freilich, dass die Leute in Krakau keinen großen Sänger brauchten, jedenfalls keinen in Gestalt des Samuel Liebling. Auch ein Geiger ohne Instrument war nicht gefragt. Für den Beruf eines Rabbiners reichte es natürlich ohnedies nicht.
Im Laufe der Zeit versuchte Samuel sich mit mäßigem Erfolg in verschiedenen Berufen. Schließlich landete er eines Tages als Kellner in einem mittelprächtigen Gartenetablissement. Dort lernte er schnell, dass sich in den Wodka und in den Wein sehr viel Wasser beimischen ließ, bevor es die angetrunkenen Gäste merkten, und dass damit etwas Geld zu verdienen war. Er lernte auch aus etwas Geld schnell ein bisschen mehr zu machen, lernte verschiedene Drehs und Tricks, erfand immer neue Möglichkeiten, um noch etwas dazuzuverdienen. Eines Tages wurde er dann stolzer Besitzer eines eigenen Restaurants – und er hasste es von Anfang an.
Es war ein mieser, düsterer Schuppen, Samuel hasste den kalten Schnaps- und Tabakgeruch, die dauernd besoffenen, grölenden Gäste, den ewig schmutzigen Fußboden, die trägen Kellner. Aber die Kneipe brachte ihm genug Geld, um zu leben, und das war besonders wichtig, seitdem er eine eigene Familie hatte: seine kleine Frau Maria mit dem Gesicht eines Kindes und blau-

schwarzen Augen, die wie zwei reife Pflaumen aussahen, und – nacheinander – drei Söhne.
Als sich aber eines Tages die Gelegenheit bot und er einen Käufer für die Kneipe fand, feilschte er nicht lange. Er griff zu, und es war der schönste Tag in seinem Leben. Er bekam das ganze Geld, wie es damals üblich war, bar auf den Tisch, zählte es sorgfältig nach, stopfte es in seine gefältelte Kellnerbrieftasche und eilte davon, ohne sich umzudrehen. Zu Hause legte er die Brieftasche – die vielen bunten Scheine schauten oben raus –, vorsichtig auf den Küchentisch, setzte sich und lehnte sich zufrieden zurück.
Seit Samuel eine eigene Familie hatte, hatten sich seine Träume verändert. Jetzt träumte er davon, die Kinder aus der feuchten, dunklen Wohnung wegzubringen, weg aus dem tristen Hof, in dem sie den ganzen Tag spielten. Er wollte ein kleines Häuschen am Stadtrand kaufen mit einem Garten rundherum, in dem die Apfelbäume blühten. Er stellte sich vor, wie die Jungen im Garten spielten und im Herbst die Äpfel pflückten. Man könnte auch ein paar Ziegen anschaffen, und Maria würde sie melken. Die Kinder bekämen dann immer frische Milch. Er selber würde im Garten sitzen und seine müden Kellnerbeine hochlegen. Wovon sie dann leben würden, wusste er noch nicht, es interessierte ihn im Moment auch nicht. Sein Traum konnte jetzt

Wirklichkeit werden, vielleicht morgen schon. Denn das Geld war ja da.
Samuel trank genüsslich den hausgemachten Rosinenwein, den ihm seine Frau gerne nachschenkte. Im Laufe des Abends trank er ziemlich viel davon. Immer wieder erzählte er von seinem Häuschen, und Maria schaute ihn mit ihren großen Pflaumenaugen bewundernd an.
Irgendwann spätabends wurde er müde. Er bekam einen roten Kopf, seine Stimme wurde lauter – dann ging er, seine Frau an der Hand, zu Bett. In dieser Nacht zeugte er mit ihr seinen vierten Sohn und schlief zufrieden mit sich und der Welt tief und fest ein.
Am nächsten Morgen hatte er es nicht eilig aufzustehen, denn er musste nicht mehr ins Lokal. Auch seine Frau schlief lange. Sie träumte von grünem Rasen, weißen Ziegen und rosa blühenden Apfelbäumen.
Ihre drei munteren Jungen aber standen sehr früh auf. Es war grau draußen, in der Wohnung war es kalt, und sie hatten Hunger. Auf Zehenspitzen gingen sie in die Küche und suchten nach etwas Essbarem. Zum Beißen fanden sie nichts, auf dem Küchentisch entdeckten sie aber die dicke, halb geöffnete Brieftasche.
Bunte Scheine schauten heraus: blaue, braune und auch rote. Mosche, der Älteste, zog vorsichtig eine Banknote aus der Brieftasche und betrachtete sie andächtig. Dann faltete er vor-

sichtig ein Schiffchen aus ihr. Schiffchen zu falten war die Leidenschaft des Sechsjährigen, er benutzte dazu jedes Stückchen Papier, das ihm in die Hände fiel. Spielzeug gab es ja nicht. Sein jüngerer Bruder David, mein späterer Vater, der ihm immer in allem nacheiferte, baute das zweite Schiff, und auch der kleine Benni schaffte eines.

Schnell war der ganze Tisch voll prächtiger bunt bedruckter Schiffe. Und wo es viele Schiffe gibt, gibt es auch bald Krieg. Zuerst schubsten sich die Jungen nur harmlos hin und her, dann zogen sie sich an den Haaren. Schließlich kratzten, bissen und schlugen sie sich – alles ganz leise, nur keuchend und zischend, um die schlafenden Eltern nicht zu wecken. Sie steigerten sich immer mehr und begannen in sinnloser kindlicher Wut sich gegenseitig die Schiffe zu entreißen und sie zu zerfetzen. Zur Besinnung kamen sie nicht eher, bis auf dem Tisch ein Haufen buntes, zerrissenes Papier lag. Erst jetzt verstanden sie, was sie getan hatten. In kalter Angst und Panik knüllten sie die Fetzen in Zeitungspapier, stopften das Ganze in die Kloschüssel und zogen so lange an der Spülung, bis nichts mehr zu sehen war.

Bald darauf kam Samuel in die Küche. Er sah die leere Brieftasche auf dem Boden, einige Geldfetzen lagen daneben. Im Klo klebten andere noch an der Schüssel. Seine Söhne saßen in einer Ecke auf dem Fußboden und weinten. Samuel

verprügelte seine Kinder nicht. Er setzte sich zu ihnen auf den Fußboden und weinte mit.
Am nächsten Tag zog er seine Kellnerschuhe wieder an, denn der neue Kneipenbesitzer stellte ihn als Ober ein. Lange arbeitete Samuel aber nicht mehr bei ihm, denn einige Wochen später starb er, erst sechsunddreißig Jahre alt, an Herzversagen, genau sechs Monate bevor sein jüngster Sohn Szymon auf die Welt kam.
Ja, werden Sie jetzt denken, mein Großvater war ein Traumtänzer, ein Versager, ein wahrer Pechvogel. Aber er musste nicht mit ansehen, wie später die Deutschen seine Kneipe in Brand setzten, nicht sehen, was sie mit ihrem Besitzer und seiner Familie machten. Und auch das Schicksal seiner vier Söhne und seiner Frau blieb ihm erspart. Und deshalb würde meine Mutter sagen, Samuel Liebling war ein glücklicher Mann.

Die Mauer – oder wie wird man kein Millionär?

Im Jahr 1965 gab es in Berlin noch viele Ruinen. Besonders in Kreuzberg. Zwischen den Ruinen in heil gebliebenen Höfen, in Hauseingängen und unter den alten Brücken gab es einige Trödlerläden mit vielen interessanten Sachen. Interessant besonders für mich, denn ich war Bühnenbildnerin und suchte für das Theater preiswerte Möbel und Requisiten. Zum Glück hatte ich einen guten Geist an meiner Seite, denn ich konnte die Sprache nur unvollständig und hatte keine Ortskenntnisse. Das Einzige, was ich besaß, war ein untrügliches Gespür für schöne Dinge, ein Talent, das ich meiner alten Heimat Krakau verdankte. Die Stadt war so voller schöner Bauten, Kirchen und Museen, dass jeder Einwohner fast automatisch zu einem Kunsthistoriker wurde.

Mein guter Geist hieß Axel, war groß und blond, wie es sich gehört, trug Latzhosen und ein kariertes Hemd. Er war im Theater Mädchen für alles und fuhr mich in seiner klapprigen alten »Ente«

durch die Gegend. Zusammen entdeckten wir viele schöne Sachen, waren aufgeregt und entwickelten einen richtigen Jagdinstinkt. Wir verstanden uns ohne viele Worte.
Für meinen Haushalt habe ich manchmal auch etwas entdeckt. Für wenig Geld kaufte ich einen schönen Spiegel mit einem goldenen Rahmen und später einen Satz zauberhafter Porzellanvorratsdosen. Sie waren mit hübschen blauen Stiefmütterchen bemalt. »Bohnenkaffee«, »Brösel«, »Feigenkaffee«, »Zucker«, »Mehl« stand auf ihnen.
Der nette alte Mann, von dem ich sie kaufte, schenkte mir noch ein kleines, in grünen Samt gebundenes Büchlein. Ein Tagebuch. »Wien, im Kriegsjahr 1916«, hatte da jemand mit zierlicher Schrift geschrieben, »für Maria von Josef«, und viele Gedichte standen darin. Ich dachte kurz über die Geheimnisse des menschlichen Schicksals nach – fragte mich, wo diese Maria jetzt sein mochte.
»Ich muss dir etwas zeigen«, sagte Axel. Wir fuhren jetzt in einer anderen Gegend direkt an der Mauer entlang. »Schau mal, diese schönen Häuser, die stehen leer. Keiner will sie haben. Du und Jan, ihr habt doch keine feste Bleibe. Wollt ihr nicht so eine Villa kaufen? Sie sind alle zu haben. Guck mal, die weiße, die mit dem Garten, kostet bloß sechstausend Mark. Ich weiß es, weil mein Bruder in so einem Büro arbeitet ... Guck,

der schöne Garten, das wäre doch etwas für euch!«
Von einer Welle des Enthusiasmus getragen, holten wir Jan im Theater ab und schleppten ihn zu der Villa.

»Sechstausend Mark?« Jan schaute besorgt und legte die Stirn in Falten, als wollte ich schon wieder ein Paar neue Schuhe haben. »Die sechstausend, die haben wir aber nicht. Ich bekomme zweitausend für eine Inszenierung, und ich weiß nicht, ob mich der Intendant noch lange haben möchte. Das wären ja drei Inszenierungen, ein halbes Jahr! Und wovon sollen wir in der Zeit leben?«

Auf die Idee, dass man sich bei einer Bank Geld leihen konnte, kamen wir nicht. Außerdem, wer hätte schon einem Ausländer sechstausend Mark geliehen?

»Na ja«, meinte Jan, als er mein enttäuschtes Gesicht sah, »wenn wir sehr sparen … Ich könnte vielleicht einen Vorschuss …«

Wir gingen um die Villa herum, der Garten war wirklich wunderschön, ein bisschen verwildert vielleicht, aber sonst … Es gab sogar eine Gartenlaube. Die Fenster der Vorderfront gingen auf die Mauer hinaus. Dazwischen waren nur ein paar Büsche und Sträucher und ein schmaler Weg.

Wir sahen auf die stille, graue Mauer, den Stacheldraht, die Leere. Ich glaubte, auf der anderen Seite Schüsse zu hören. Erst vor zwei Tagen waren zwei kleine Jungen erschossen worden, die aus Jux über den Kanal schwimmen wollten. Die Wache auf unserer Seite hatte tatenlos zugeschaut.

»Willst du wirklich hier wohnen?«, fragte Jan unsicher. »Kannst du dir das vorstellen? Immer mit dem Blick auf die Soldaten, den Stacheldraht? Dein Leben lang?«
Wollte ich das? Nein. Nein. Ich hatte schon genug Mauern gesehen. Sie waren das Erste gewesen, was ich als Kind bewusst erblickte. Ich hatte schon oft genug Gewehre auf mich gerichtet gespürt. Nein. Ich wollte es nicht, ich konnte es nicht.
Etwas traurig fuhr uns Axel wieder zurück. Wir kauften die Villa nicht.

Vor wenigen Tagen war ich wieder einmal in Berlin. Ich ging zufällig in derselben Gegend spazieren. »Unsere« Villa steht jetzt, prächtig renoviert, mitten in der Stadt. Sie ist heute mitsamt dem Grundstück an die fünf Millionen Mark wert.
Die Vorratsdosen aus Porzellan aber haben meine zahlreichen Umzüge überstanden. Ich habe sie immer noch. Auch das grüne Büchlein aus dem Ersten Weltkrieg ist noch da, »für Maria von Josef …«

Zwei Fremde im Haus

Für HPÜ

»Was soll ich heute Abend kochen?«, stellte ich am Morgen Jan die von Männern am meisten gehasste Frage.

Wenn es zwischen Mann und Frau einen Dolmetscher gäbe, er würde es ihm so übersetzen: »Es tut mir Leid, mein Liebster, dass du jetzt hinaus musst in die feindliche Welt, während ich gemütlich in der warmen Wohnung bleibe, dass du dich den ganzen Tag mit dummen Menschen herumplagen musst, die dich ärgern, und dass du das alles tust, um für uns Geld zu verdienen. Darum möchte ich auch für dich etwas tun. Und es fällt mir nichts Besseres ein, als für dich heute Abend etwas Schönes zu kochen. Damit du dich den ganzen Tag darauf freust.«

Jan aber dachte daran, dass es schon spät war, weil er verschlafen hatte, und dass er gestern Abend zu faul war, um die Arbeiten seiner Schüler aus der Regieklasse in der Schauspielschule durchzulesen, und jetzt unvorbereitet vor ihnen stehen würde. Vor allem aber dachte er daran, dass ihm die Zigaretten ausgegangen waren, und

der Automat war weit entfernt. Ohne Zigaretten aber konnte er natürlich nicht richtig denken, geschweige denn irgendwelche dummen Fragen beantworten.
»Schnapp dir irgendwas«, Jan machte eine ungeduldige Handbewegung, »schmeiß es in den Topf und koche es!« Brummend verließ er das Haus, ohne sich zu verabschieden.
Die Tür knallte laut ins Schloss.
Wenn es diesen Dolmetscher zwischen Frau und Mann aber doch gäbe, hätte er mir Jans Antwort folgendermaßen übersetzt: »Ich bin zwar jetzt etwas in Eile, Liebste, und ich finde es auch ein wenig befremdlich, sich am Morgen Gedanken zu machen, was man am Abend essen wird – aber ich werde mich trotzdem den ganzen Tag darauf freuen, dass ich abends zu dir nach Hause kommen kann, ich mich an unseren Tisch setzen werde und du mir etwas Gutes, Warmes servieren wirst. Und da ist es mir ziemlich egal, was das sein wird.«
Da es eben, wie gesagt, keinen solchen Dolmetscher gibt, war ich erst einmal etwas sauer. Ich überlegte schon, ob ich nicht seine schmutzigen Socken, die wie immer herumlagen, aufsammeln, in einen Kochtopf stecken und am Abend auftischen sollte, verwarf diese Idee dann aber doch.
Im Laufe des Tages gelang es mir glücklicherweise, das Essensproblem zu meiner Zufrieden-

heit zu lösen und auch mit einigen anderen Widrigkeiten des Alltags fertig zu werden. Und somit sah ich dem Abend ruhig entgegen.

Später rief mein Mann an. »Was hast du den ganzen Tag gemacht?«, fragte er, erwartete aber glücklicherweise keine Antwort. Er hatte völlig vergessen, wie unfreundlich er am Morgen zu mir gewesen war, seine Stimme klang frisch und fröhlich. »Wir hatten heute Nachmittag eine Konferenz«, sagte er gut gelaunt, »den Armleuchtern« – er meinte seine Arbeitskollegen – »hab ich's diesmal aber gegeben!« Er verteidigte immer die Schüler, die vom Rausschmiss bedroht waren. Jan hatte eine Schwäche für Pechvögel. »Jetzt ist sie zu Ende. Ich fahre gleich nach Hause. Der Peter« – sein Mitarbeiter – »bringt mich zur S-Bahn.«

Fünf Minuten zur S-Bahn, rechnete ich schnell, plus fünfundzwanzig Minuten Fahrt – ich hatte den ganzen Fahrplan im Kopf –, dann noch zehn Minuten zu Fuß: Er wird in etwa vierzig Minuten da sein.

Gerade genug Zeit, um ruhig den Tisch zu decken. Ich warf noch einen Blick in den Spiegel, malte mir die Lippen an und trug etwas Rouge auf, um bloß nicht abgekämpft auszusehen. Wenn er schon so gute Laune hatte …

Kurz darauf hörte ich schon das ferne Summen der S-Bahn. Ich hörte es immer abends durchs offene Fenster. Aber Jan kam nicht.

Sicher haben sich die Männer verquatscht und die S-Bahn verpasst, dachte ich etwas ärgerlich. Typisch Jan! Also: In zwanzig Minuten kommt die nächste Bahn, die wird er wohl erwischt haben. Ich machte es mir auf dem Sofa bequem und vertiefte mich in eine bunte Illustrierte, um mich über den neuesten Stand der Dinge zu informieren.

Erneutes Summen – wieder umsonst.

Reg dich nicht auf!, sagte ich zu mir, mach dir eine Tasse Tee! Wenn du die ausgetrunken hast, ist er sicher da.

In den nächsten Stunden trank ich unzählige Tassen Tee, lief auch unzählige Male auf die Toilette – er kam nicht.

Später am Abend tat ich etwas absolut Verbotenes, ich rief seinen Mitarbeiter zu Hause an.

»Was, der Jan?« In Peters Stimme klang Erstaunen. »Er müsste längst ... Ich habe ihn doch selbst vor mehr als vier Stunden zur Bahn gebracht. Ich hab noch gesehen, wie er eingestiegen ist. Kopf hoch!«, sagte Peter noch. »Er kommt schon.«

So! Er hat selbst gesehen, wie Jan eingestiegen ist. Vor mehr als vier Stunden! Ich machte mir noch eine Tasse Tee – und begann sämtliche Krankenhäuser anzurufen.

Das Schlimmste war die Personenbeschreibung.

»Wie sieht der Mann denn aus«, fragte eine unbeteiligte, gelangweilte Stimme.

»Mittelgroß, blonde Haare, heller Mantel ...«
Ja, wissen die nicht, wie mein Mann aussieht?
»Ach, und noch die Brille ... und der Bart ...«
Mit jedem Wort wurde Jan blasser, unpersönlicher, fremder. Irgendjemand einfach, ein Mann mit Bart und Brille und hellem Mantel.
Warten ... warten ... warten ...
»Es tut mir Leid, so einer ist nicht eingeliefert worden«, sagte die Stimme schnell und ungeduldig.
Vom Wohnzimmerfenster bis zum Fernseher waren es genau zwölfeinhalb Schritte. Ich weiß nicht mehr, wie oft ich sie zurückgelegt habe. Zum Fenster, um zu gucken, ob Jan nicht doch noch kommt, zum Fernseher, um zu schauen, ob sie in den Nachrichten schon etwas von dem S-Bahn-Unglück bringen. Inzwischen war ich nämlich fest davon überzeugt, dass es einen schrecklichen Unfall gegeben hatte. Ich sah schon die schreienden, brennenden Menschen ...
Ich gebe zu, ich bin etwas ängstlich. Wenn jemand aus dem Haus geht, frage ich mich oft, ob er auch wiederkommt. Ich male mir Geschichten aus, besser gesagt, sie malen sich selbst in meinem Kopf: Katastrophen, Unfälle, Tragödien. Ich möchte jetzt nicht erklären, warum das so ist. Mit der eigenen Angst zu kämpfen ist eine schwierige Beschäftigung, diese zu erklären noch schwieriger. Am liebsten wäre mir, wenn die mir nächsten Menschen überhaupt nicht weggehen

und immer meine Hand halten würden. Im Laufe der Zeit lernte ich aber, dass dieser Wunsch etwas unrealistisch ist und für meine Liebsten auch lästig sein könnte. Nun aber war es nach Mitternacht, und der Spaß hörte auf.
Ich hatte eine ganz klare Vision: Jan fährt mit der S-Bahn, steigt in Ottobrunn aus. Wie immer verlässt er den Bahnhof nicht wie alle vernünftigen Menschen vorne durch den Ausgang zur Straße. Nein, er geht hinten raus, schräg durch einen dunklen, schmutzigen, dichten Wald, weil so der Heimweg um ein paar Minuten kürzer ist. Obwohl ich ihm immer wieder sage ... Eine dunkle Gestalt verfolgt ihn. Ein Betrunkener? Ein Drogensüchtiger? Ein Verrückter? Er schlägt ihn auf den Kopf, zerrt ihn ins Gebüsch, nimmt seine Brieftasche, in der sich gerade mal fünfzig Mark befinden. Jan liegt da, ohne Bewusstsein, und blutet. Niemand sieht ihn und niemand kann ihn hören. Was tun? Ich muss hinlaufen und ihn finden. Aber ich habe kein Auto, die Straße ist menschenleer.
Mein Taxichauffeur fiel mir ein. Er war ein netter Mensch, ein Berliner, den es nach Bayern verschlagen hatte. Er kam hier mit den etwas rauen Sitten nicht ganz zurecht, bewahrte aber seinen Berliner Humor. Er wohnte in der Nähe und fuhr mich manchmal in die Stadt. Wir mochten uns sehr. Immer erzählte er ganz liebevoll von seinem Hund, manchmal auch, weniger liebe-

voll, von seiner Frau. Es war schon fast ein Uhr. Ich rief ihn an.
Er war gleich bereit zu kommen. Im Hintergrund hörte ich eine aufgeregte Frauenstimme, und es dauerte eine ganze Weile, bis er endlich da war. Wahrscheinlich musste er erst seiner Frau erklären, dass mein Anruf nicht das war, was sie vermuten konnte.
Ich stieg in das Auto, der Hund war auch dabei. Wir parkten direkt am Wald, um Jans Leiche – inzwischen musste er doch verblutet sein – besser transportieren zu können. Wir suchten zwischen den Bäumen und im dichten Gestrüpp, der Taxifahrer leuchtete mit seiner starken Taschenlampe überall hin. Sein Hund fand das Ganze sehr lustig. Er tauchte immer wieder ab ins Gebüsch, aber alles, was er brachte, war ein Stöckchen, das er mir vor die Füße warf. Er war ein junger Schäferhundmischling mit großen Schlappohren, die im Wind flatterten.
»Spiel nicht, Alex, such!«, herrschte sein Herrchen ihn an. Aber es brachte nichts.
Nach einer halben Stunde blieb mein Freund stehen. »Also, junge Frau, ich seh hier nichts, hier liegt er nicht.«
Ich hatte ihm die Geschichte so realistisch geschildert, dass er sie sofort glaubte. Jetzt war er enttäuscht. Auch der Hund hatte genug.
»Lassen Sie uns noch ein bisschen suchen!«, flehte ich.

Nach einer weiteren halben Stunde war es zu Ende, der Taxifahrer schaltete die Taschenlampe aus, der Hund sprang eifrig ins Auto.
Als wir bei uns um die Ecke bogen, sah ich schon von weitem Jan in seinem hellen Mantel vor dem Haus stehen. Er hantierte mit dem Schlüssel.
Der Berliner verabschiedete sich schnell, meine überschwängliche Danksagung wollte er sich gar nicht mehr anhören. Sein Auto verschwand in der Dunkelheit.
Und so standen Jan und ich uns im fahlen Licht der Straßenlaterne gegenüber. Ich schaute ihn an: Sein Mantel war offen, sein Haar zerzaust. Ich frage ihn nicht: »Wo warst du?«, denn das ist die von Männern zweitmeistgehasste Frage, vor allem, wenn sie berechtigt ist.
Er fragte auch nicht, was ich um diese Zeit auf der Straße machte. Er wusste es. Wir gingen ins Haus. Gleich begann er zu erzählen, es sprudelte förmlich aus ihm heraus. Tatsächlich war er in die S-Bahn eingestiegen. Doch drinnen fiel ihm ein Kollege ein, der neulich erzählt hatte, dass er von München nach Ottobrunn zu Fuß gegangen war, und das in einer Stunde. Das wollte Jan auf der Stelle ausprobieren. Er stieg wieder aus und machte sich auf den Weg.
Unterwegs verlief er sich bald, wurde sauer und fand die Idee nicht mehr so gut. Aufgeben aber wäre unsportlich gewesen. Er bekam Durst und kehrte in der ersten offenen Kneipe ein. Dort

bekam er noch mehr Durst. Mich jetzt anzurufen war ihm peinlich. Der Gedanke daran machte ihn noch durstiger. Kaum war er draußen auf der Straße, fand er sein Abenteuer schon wieder viel lustiger und ging weiter. Er verlief sich noch einige Male, bekam abermals Durst, ging in die nächste Kneipe und marschierte dann munter weiter, bis er plötzlich und unerwartet in Ottobrunn stand und unser Haus sah.
Jetzt saß er da, müde und erhitzt, aber kindlich stolz und mit sich zufrieden. Verlangte nach Lob und Anerkennung.
»Jetzt weiß ich, in einer Stunde ist es nicht zu schaffen.«
Ich sagte nichts. Wir gingen schlafen. Die ganze restliche Nacht lag ich mit offenen Augen da und malte mir die Katastrophe aus, die nicht stattgefunden hatte. Ich konnte nicht einschlafen, konnte mich auch nicht beruhigen.
Aber irgendwie war ich froh, ihn so ganz nahe neben mir zu haben – diesen Fremden, der mein Mann war.

Roman und der Kanarienvogel

Mein Cousin Roman hat in seiner Kindheit nicht viel Liebe erfahren.
Vor dem Krieg, als er noch ganz klein war, waren seine Eltern viel zu sehr mit sich selbst beschäftigt. Sie bereiteten ihren großen Umzug vor: von Paris, wo sie lange lebten, zurück in die Heimat nach Krakau. Für eine jüdische Familie war dies damals eine alles andere als weitsichtige Entscheidung, denn einige Monate später marschierten die Deutschen in Polen ein. Die Falle schnappte zu.
Im Getto hatte der kleine Junge eigentlich keine Chance mehr. Seine Mutter wurde ermordet. Täglich wurden Kinder abgeholt, auf Lastwagen verladen und weggebracht oder gleich an Ort und Stelle erschossen. Es gab viele Möglichkeiten, sie zu vernichten. Das Leben wurde eng. Nicht die Liebe war wichtig, sondern die Flucht.
Romans Vater, der sich immer schon zu helfen wusste, kaufte ein Loch in der Mauer. Man nannte das damals so. Es gab Männer, die im

Schutz der Dunkelheit schnell ein Loch in die Mauer schlagen, ein Kind hinausschieben und das Loch wieder zumachen konnten. Es war höllisch gefährlich. Sie taten es für viel Geld, natürlich. Auch der Wachposten bekam Geld, damit er wegschaute.

So stand Roman eines Tages auf der arischen Seite der Stadt, acht Jahre alt, klein, dünn, allein. Was weiter mit ihm passierte, weiß keiner so genau. Fest steht, dass ihn irgendwelche Säufer zu sich nahmen. Dass sie ihn schlugen, ihn zwangen, für sie zu betteln, den Schnaps für sie zu besorgen, dass sie ihn immer wieder rauswarfen, wenn es nichts zu essen gab – oder bloß aus einer Laune heraus –, und dann wieder aufnahmen. Er wurde misshandelt, vielleicht auch missbraucht. Wer weiß es heute noch? Nicht einmal er selbst.

Kurz nach dem Krieg fand ihn dann mein Vater auf einem seiner Streifzüge durch die Krakauer Altstadt. Roman saß auf einem Haufen Steine, mager, schmutzig, verwahrlost. Vater übergab seinen kleinen Neffen mit Tränen in den Augen meiner Mutter. Sie wusch ihn gründlich – die Läuse allerdings haben schnell den Weg von seinem Kopf zu meinem gefunden. Die ersten Familienbande waren geknüpft.

Die Nachkriegszeit war auch keine Zeit der Liebe. Jedenfalls nicht den Kindern gegenüber. Romans Vater nahm schnell eine aufregende Blondine zur Frau und änderte seinen Namen in

Polanski, nach dem Ort, in dem er sie kennen gelernt hatte. Die neue Stiefmutter entwickelte keine Muttergefühle. Nicht für ein jüdisches Kind, das oft genug aufsässig war. Stattdessen wies sie ihm immer wieder die Tür.
Nervös, verstört, immer auch etwas störrisch wohnte er dann eine Zeit lang bei uns, bis ihn sein Vater wieder holte.
Im Sommer 1949 fuhren wir alle in die Ferien an die Ostsee. Ich war begeistert und aufgeregt, ich sollte zum ersten Mal das Meer sehen. Es musste aber jemand die Wohnung hüten und den Kanarienvogel, den Liebling der Tante Marie, versorgen. Also blieb Roman zu Hause. Dass ein

vierzehnjähriger Junge auch gerne das Meer sehen wollte, interessierte niemanden. Kinder wurden damals nicht gefragt.
Roman blieb allein in der brütenden Hitze der Stadt, in der verwaisten Wohnung. Sein einziger Leidensgenosse war der Kanarienvogel. Roman redete mit ihm, er redete überhaupt gerne. Er streichelte durch das Gitter sein gelbes, flaumiges Köpfchen. Er nahm den Käfig mit auf den Küchenbalkon, damit sie zusammen das schöne Wetter genießen konnten. Sonst war nichts zu tun. Romans Freunde waren auch alle verreist.
Was dann passierte, kann ich mir nur vorstellen: Er schaute den Vogel an – die verzweifelte Sehnsucht nach Ferne, nach Freiheit, nach Abenteuer, die sein eigenes Herz fast zum Zerspringen brachte, glaubte er auch in dem Kleinen zu spüren. Der Vogel sah ihn mit seinen runden schwarzen Augen an und begann sehnsüchtig zu flöten. Niemand weiß genau, welcher Gedanke die Hand des Jungen führte, als er den Käfig öffnete.
»Geh ein bisschen raus, Vogel, dann kommst du wieder rein«, sagte er.
Die kleine gelbe Federkugel war noch einige Sekunden vor dem himmelblauen Hintergrund zu sehen, dann fiel der Vogel zur Erde, brach sich die Flügel und starb. Er konnte nicht fliegen, da er sein Leben im Käfig verbracht und das Fliegen nie gelernt hatte. Aber das wusste Roman wahrscheinlich nicht.

Als die Familie aus dem Urlaub zurückkam, bemerkte man das Fehlen von Tante Maries Liebling nicht sofort. Braun gebrannt und erholt packte man die Sachen aus, die Muscheln und die bunten Steine.
Dann aber gab es ein Erdbeben. Tante Marie weinte hemmungslos. Alle standen um den jungen Verbrecher herum und verhörten ihn unbarmherzig. Dass man sich so kurz nach Ende des Krieges wegen eines Kanarienvogels dermaßen aufregen konnte, ist schwer zu verstehen. Aber es war so.
»Lasst den Jungen in Ruhe, er hat es nicht gewollt«, sagte meine Mutter versöhnlich, aber es nutzte nichts. Er stand da, ganz weiß um den Mund, und hatte Angst. Ich spürte es ganz genau. Aus Angst und Verzweiflung log er dann immer energischer und immer schamloser.
»Der Vogel hat den Käfig ganz alleine aufgemacht und ist weggeflogen. Ganz, ganz weit weg. Er ist nicht tot!«
»Dass der Bengel so unverschämt lügen kann!«, empörte sich Onkel Stefan.
Bald kam Romans Vater, Onkel Rischard, mit seiner Frau aus der Sommerfrische zurück und nahm seinen Sohn mit nach Hause. Schon auf der Treppe begannen sie sich zu prügeln.
Tante Marie bekam einen neuen Vogel.
Im Jahr 1967 kam Roman, inzwischen ein bekannter Filmregisseur, von Paris nach Wien, um

seinen neuen Film, einen Welterfolg, zu präsentieren. Er wohnte im Hotel »Imperial«, und ich holte ihn mit meinem Mann dort ab. Er war bei meiner Mutter eingeladen, die schon vor einigen Jahren nach Wien gezogen war. Jetzt kochte sie ein Festessen für ihn.

Roman wohnte in einer riesigen Suite mit Blick auf die ganze Stadt. Mitten im Raum stand ein mannshohes Blumengesteck aus Rosen und weißem Flieder, ein Geschenk der Hoteldirektion. Roman warf schnell sein dunkelblaues Kaschmirjackett über. Er stand noch kurz vor dem Gesteck, wollte ein paar Blumen für seine Tante herausziehen, vergaß es aber dann.

Meine Mutter wartete ganz aufgeregt an der Tür. Sie hatten sich viele Jahre nicht gesehen. Er war größer, sie etwas grauer geworden.

»Den Kanarienvogel hab ich aber damals nicht rausgelassen«, sagte Roman als Begrüßung. »Wirklich nicht!«

Er setzte sich aufs Sofa, meiner Mutter gegenüber: »Ich habe ihn nicht umgebracht, Tante, glaub mir!« In seinen Augen zeigten sich Tränen. Er blinzelte schnell, um sie loszuwerden. Aber dann wurde sein Gesicht das eines kleinen Kindes, und er begann hemmungslos zu weinen. Seine Schultern zuckten, er schluchzte, die Tränen liefen ihm über die Wangen. Er rieb sich die Augen mit den Fäusten wie ein kleiner Junge. »Ich habe ihn nicht umgebracht, diesen verdammten Vogel ...«

Ein Gruß aus der Vergangenheit

Ich sehe nicht sehr gut und habe manchmal Gleichgewichtsprobleme. Das ist keine Alterserscheinung, möchte ich betonen. Nein, ich habe es schon lange. Gott sei Dank! Sonst müsste ich jetzt noch zusätzlich Depressionen kriegen.

Da ich nicht so gut sehe, habe ich auch ein gestörtes Verhältnis zu Rolltreppen: Ich erwische nie die erste Stufe. Um das Gleichgewicht zu halten, stehe ich immer links und halte mich fest, weil ich mit dem linken Auge einfach besser sehe. Dadurch behindere ich den Verkehr auf der Rolltreppe.

Vor einiger Zeit stehe ich am Marienplatz in München wieder links auf der Rolltreppe und behindere den Verkehr. Gleich hinter mir kommt ein Ehepaar. Der alte Mann hat weißes, sehr ordentlich rechts gescheiteltes Haar und eine gerade Haltung. Die kleine, runde Frau trägt ihm seine grüne Trachtenjacke fein gefaltet hinterher.

Da der Mann nicht bequem an mir vorbeikom-

men kann, brüllt er mich sofort aus vollem Halse an: »Links gehen! Rechts stehen. Marsch!« Blitzschnell drehe ich mich um. Bevor ich überhaupt denken kann, schnellt meine Hand hoch zum strammen Gruß. »Sieg Heil!«, brülle ich zurück.

Der Mann läuft blutrot an, schnappt nach Luft und bleibt wie angewurzelt auf der Rolltreppe stehen.

Ich glaube, da steht er heute noch.

Der Verehrer

Du musst endlich Deutsch lernen!«, sagte meine Mutter ärgerlich, die Zeitung in der Hand. »Ich kann dir nicht alles vorlesen wie einem kleinen Kind.«

Ich will aber die schreckliche Halten – verboten – links – rechts – Sprache nicht lernen!, dachte ich trotzig.

Für meine Mutter aber – trotz ihrer Erlebnisse im Krieg, einfach trotz allem – war Deutsch immer noch die großartige Kultursprache, die sie in der Schule gelernt hatte.

»Es ist doch unmöglich, dass dein Mann immer für dich den Dolmetscher spielt oder dass du in Gesellschaft nur stumm dasitzt. Wie sieht das denn aus, was sagen die Leute?«

Dass sich meine Mutter ständig Sorgen machte, was die Leute über ihre Tochter sagen, machte mich rasend.

Aber diesmal hatte sie Recht. Als junge Emigrantin musste ich doch endlich die Sprache lernen, damit ich in meiner neuen Heimat verstanden wurde. Damals dachte ich noch naiv, dass dazu Sprachkenntnisse genügten.

Bisher kannte ich Wörter wie: »Halt!«, »Stehen bleiben!«, »Los!«, »Schnell!«, »Hände hoch!« – meine Kindheitserinnerungen. Inzwischen hatte ich auch noch ein paar normale Wörter aufgeschnappt – überwiegend unanständige.
Eine Bekannte, die sich dauernd mit ihrem Mann stritt, sagte immer »Armleuchter« zu ihm. Das ist etwas Harmloses, dachte ich, und bedeutet so viel wie »Lass mich in Ruh!«. Ich verwendete den Ausdruck auf der Straße oder in Gesellschaft, wenn ich keine andere Antwort wusste. Es hat zu einigen Irritationen geführt.
Den Rest aber gab mir ein kleines Wort. In einem Wiener Café suchte ich die Toilette. Ich fand sie auch. Sie war ganz mit glänzendem Marmor ausgelegt. Auf den Wandborden standen Vasen mit frischen Blumen. Ob das nicht das Büro des Chefs ist?, überlegte ich kurz. Es stand aber »Toilette« draußen an der Tür. Ich ging noch ein paar Schritte weiter zwischen Marmor und Spiegelwänden. An der nächsten Tür stand: »Achtung Stufe!« Ich wusste: »Achtung« bedeutet Gefahr. Also: Erst mal weg hier!
Ich rannte zurück an unseren Tisch und trat etwas unruhig von einem Bein aufs andere.
»Was ist los?« Jan blickte von seiner Zeitung hoch. »Du sieht nicht so aus, als hättest du alles zu deiner Zufriedenheit erledigt.«
»Ja ... weil ... da steht ›Achtung Stufe!‹. Was ist ›Stufe‹?«

»Es gibt Sprachkurse für Ausländer an der Uni«, sagte meine Mutter, immer noch in die Zeitung vertieft. »Ganz preiswert, fast umsonst. Dienstags und donnerstags – du musst dich nur anmelden.«

Also ging ich wieder zur Schule – wie früher. Eine Schuluniform hatte ich nicht gerade an, sondern ein Miniröckchen und Schuhe mit hohen Pfennigabsätzen. Es war ja auch eine Schule für Erwachsene. Große Ohrringe baumelten an meinen Ohren. Ich liebte damals große Ohrringe.

Die Klasse mit den vielen fremden Gesichtern und exotischen Idiomen glich einem Käfig voller bunter Vögel: Hinter mir saßen drei Japaner, gleich aussehend, gleich angezogen, gleich klein. Sie nickten immerzu, schauten alle gleichzeitig nach rechts, schauten nach links wie drei kleine Entchen und nickten wieder, natürlich gleichzeitig. Die zwei Französinnen vor mir, schwer zu sagen, ob Schwestern oder Mutter und Tochter, blau angezogen mit vielen Rüschen um den Hals, glichen zwei Tauben und tuschelten gurrend miteinander. Die Engländerin neben mir hatte lange, dünne Storchenbeine. Sie trug einen blassgelben Pullover, hatte blassgelbe Haare, nur ihre Sommersprossen waren dunkler. Sie kroch auf dem Fußboden herum und suchte ihre Kontaktlinse. Ich selbst mit meinem bunten Minirock und den baumelnden Ohrringen war einem Pa-

pagei nicht unähnlich. Dann gab es noch eine chinesische Eule mit großer dunkler Hornbrille und ein paar unscheinbare ukrainische Spatzen. Nur der Mann in der ersten Bank sah überhaupt nicht wie ein Vogel aus. Er war einfach mit nichts zu vergleichen. Groß wie ein Baum, schwarz, breit, in einem langen, wallenden Gewand und Sandalen an den nackten Füßen. Sein Kopf war rund, seine Augen rollten nach allen Seiten. Wenn er lachte, reichten seine vollen Lippen von einem Ohr zum anderen, und er lachte andauernd. Vor allem, nachdem er mich gesehen hatte.

Zuerst mussten wir uns alle vorstellen: *»Quack, quack, quack«,* sagten nacheinander die Entchen und nickten. *»Gürr, gürr, gürr«*, gurrten gleichzeitig die Tauben vor mir. *»Lumbumba, Dumbumba«,* brummte der schwarze Mann, *»Sorry«,* hauchte die Engländerin und verschwand wieder unter der Bank.

»Ich heiße Roma.« Ich lächelte den Lehrer freundlich an und klimperte mit den Ohrringen. »Roma Biczy...«

»Danke, danke«, sagte der Lehrer schnell. Er hatte offensichtlich genug von den langen slawischen Namen.

Der große schwarze Mann drehte sich immer wieder zu mir um und betrachtete meine Knie.

Um uns die Geheimnisse der deutschen Sprache näher zu bringen, machte uns der Lehrer mit

zwei Herren bekannt: Herrn Klug und Herrn Schlau. Herr Klug wusste alles und machte alles richtig. Nicht so Herr Schlau.
»Ich esse mein Brot«, verkündete Herr Klug – der Lehrer zeigte sein mimisches Talent, um es zu verdeutlichen.
»Ich esse meinen Bleistift«, erwiderte Herr Schlau. Allgemeines Gelächter.
Meinen schwarzen Verehrer unterdessen schienen die Abenteuer des Herrn Schlau nicht sonderlich zu interessieren. Er zeigte dem Lehrer seinen breiten Rücken und drehte sich vollständig zu mir um. Seine Augen beschäftigten sich jetzt mit meinem Dekolleté. Dabei befeuchtete er seine ohnedies feuchten Lippen mit der Zungenspitze und zeigte die großen, weißen Zähne.
Die Situation nix gut!, sagte ich zu mir in meinem neu erworbenen Deutsch. Leichte Panik ergriff mich: Er wird mich nach dem Unterricht sicher gleich ansprechen. Ob ich es schaffe, ihm zu entwischen?
Dann sah ich, dass er seine Sandalen ausgezogen und fein ordentlich neben der Bank abgestellt hatte. Das war meine Chance. Sobald die Stunde aus war, lief ich an ihm vorbei, raus aus dem Hörsaal, die Treppe runter. Dabei brach ich mir fast den Absatz. Ich rannte zu der Haltestelle. Die Straßenbahn kam gleich.
Frisch und fröhlich marschierte ich zur nächsten Unterrichtsstunde. Mein Minirock war noch

kürzer, die Ohrringe waren umso länger. Meinen schwarzen Verehrer hatte ich ganz vergessen.
Da sah ich ihn aber schon. Er stand etwa zehn Meter vom Eingang entfernt auf dem Bürgersteig und war nicht zu übersehen. Sein langes Gewand blähte sich im Wind wie ein großes, buntes Zelt. Umsonst mein Versuch, einfach an ihm vorbeizukommen! Schon schnappte mich die große Hand und zog mich zu ihm. Dann schluckte er dreimal laut und sagte langsam, wie ein mühsam gelerntes Gedicht: »Fräulein – heute – schönes – Wetter – Wollen – wir – ins – Kino – gehen – Habe – Zimmer – frei.«
Es hat ein wenig gedauert, bis ich den freundlichen Sinn seines Angebotes verstand. Dann aber riss ich mit aller Kraft meine Hand aus der seinen und lief, so schnell ich konnte, in die entgegengesetzte Richtung. Weg von ihm, weg von der ganzen Schule – und kam nicht wieder.
Die restlichen Geheimnisse der deutschen Sprache habe ich mir dann selbst beigebracht.

Ein Sonntag im Mai

Drei junge Mädchen spielen auf einer Wiese. Das Gras ist hellgrün und leuchtend, so wie es eben nur im Mai ist, übersät mit gelben, weißen und lila Frühlingsblumen. Die drei Mädchen – wie soll ich so viel Schönheit und Anmut beschreiben?
Sie haben langes, frisch gewaschenes honigbraunes Haar, das in dem leichten Wind weht. Kleine weiße Blütenblätter, die in der Luft wirbeln, bleiben an ihren Haaren hängen. Die Mädchen haben mir zuliebe und zur Feier des Tages ihre schönsten langen Kleider angezogen. Der Stoff ist auch mit kleinen bunten Blumen bedruckt, und die drei sehen aus, als wären sie ein Teil der Wiese.
Sie tanzen, springen und hüpfen. Das hohe Gras reicht ihnen bis zu den Knien. Nathalie, die Jüngste, hat weiße Söckchen an und winzige, schwarze Lackschühchen. In den Händen hält sie wie die beiden anderen einen kleinen Maiglöckchenstrauß.
Die Mädchen spielen nicht wirklich. Sie suchen. Sie suchen das Grab meines Urgroßvaters. Denn

die Wiese ist keine gewöhnliche Wiese. In Wirklichkeit, in einer anderen Wirklichkeit, war sie ein großer jüdischer Friedhof und dann das Lager Plaszów. Das war vor langer, langer Zeit.

»Mach dir keine Sorgen, Tante Roma!« Marie dreht sich zu mir um. Sie ist die Älteste. »Wir finden den Urgroßvater. Bestimmt!«

Sie reichen mir die Hände, wir suchen zusammen weiter. Die Sonne scheint, keine einzige Wolke ist am Himmel. Ich schaue die Mädchen zärtlich an und muss daran denken, wie ich sie vor ein paar Jahren kennen gelernt habe.

Ich kam damals nach einer langen Zeit im Ausland zum ersten Mal in meine alte Heimatstadt Krakau zurück und war einsamer als je zuvor.

Ich suchte meine Freunde von früher und fand sie nicht. Die einen waren gestorben, die anderen ausgewandert. Bei denen, die geblieben waren, stellte ich schnell fest, dass wir uns nicht mehr viel zu sagen hatten.

Ich saß in einem Straßencafé am Marktplatz, wärmte mich in der milden Herbstsonne und verging vor Einsamkeit und Fremdsein. Ich spürte es körperlich. Es war, als hätten tausend kalte, kleine Nadeln meine Haut durchbohrt. Wie ein kaltes Fieber. Ich schaute mich um. Meine schöne Heimatstadt war mir so vertraut: die

alten Häuser, das Kopfsteinpflaster, die Kastanienbäume, die gerade begannen, sich golden zu färben. Warum wollte mich hier niemand haben?
Dann sah ich sie am Nebentisch: zwei kleine Mädchen mit langen Haaren und ihre Mutter, schlank und schön, die wie ihre große Schwester aussah. Sie schienen alle drei einem alten Gemälde entsprungen – und ich war Malerin. Ich begeisterte mich sofort für dieses Bild. Irgendwann spürten sie, dass ich sie mit den Augen fast verschlang.

»Ich würde Sie am liebsten porträtieren«, sagte ich mit einem entschuldigenden Lächeln.
»Hast du Buntstifte dabei?«, wollte die Kleine wissen. »Ich kann dir welche leihen.« Es war Sophie, die Praktische.
»Sind Sie alleine hier?«, fragte Marie, die Einfühlsame.
»Wollen Sie sich nicht zu uns setzen?«, sagte ihre Mutter.
Wir kamen ins Gespräch und hörten gar nicht damit auf. Bald darauf nahmen sie mich einfach mit nach Hause zum Essen, was in Polen zwar möglich, aber nicht gerade üblich ist.
Bei Tisch versammelt, wollten sie meine ganze Geschichte hören. Die kleine Nathalie lag damals noch in ihrem Weidekörbchen und schaute uns mit ruhigen graublauen Augen an. Sie war nicht größer als die vielen Puppen, die um sie herum auf dem Fußboden saßen.
»Warum hast du keine Familie?«, fragte Sophie.
»Weil die Deutschen sie umgebracht haben, im Getto, im Lager Plaszów und in Auschwitz.« Das verstanden die Mädchen, sie waren hier geboren und kannten die Geschichte ihrer Stadt.
Ihre Mutter Anja hatte Tränen in den Augen. Sie war eine sensible, warmherzige Frau. Sie wirkte, als wäre sie einfach aus Liebe, Zärtlichkeit und Wärme gebaut. Der Vater, einziger Mann in dieser Frauenrunde, war groß, kräftig und schweig-

sam. Er hörte uns aufmerksam zu und kraulte seinen Bart.
Ich glaube, ich habe mich sofort in die ganze Familie verliebt.
»Ich habe einen Sohn«, erzählte ich. »Er heißt Jakob, und ich liebe ihn sehr. Er lebt weit weg von hier, in Deutschland.«
»Wenn du keine Familie hast«, meinte Sophie entschieden, »könnten *wir* doch deine Familie sein – und du unsere Tante Roma.«
»Gute Idee, wir adoptieren dich einfach!«, rief ihre Mutter begeistert.
»Und dein Sohn Jakob wird unser Onkel«, ergänzte Marie.
»Nicht Onkel, sondern Cousin«, verbesserte Sophie sie nüchtern.
»Er lebt aber weit weg ...?«
»Macht nichts, Tante, wir werden ihm Briefe schreiben.«
»Oder malen«, meinte Sophie, die noch nicht schreiben konnte.
Seit diesem Tag haben wir uns oft gesehen, sooft ich nach Krakau kam. Immer führte mich mein erster Weg zu meiner »Adoptivfamilie«. Meistens erwarteten sie mich schon am Bahnhof. Sie standen alle da: der große bärtige Vater, die schöne Mutter und die drei kleinen Mädchen, die im Laufe der Zeit immer größer wurden. Später kam noch ein Hund dazu. Sie haben ihn auf der Straße gefunden, fast so wie mich.

»Hört mal: Ich habe meinen Urgroßvater entdeckt!«, sagte ich diesmal statt einer Begrüßung beim Aussteigen.
»Was hast du?«
Den Rest der Geschichte erzählte ich dann an ihrem großen, alten Küchentisch, der sich schon immer alle unsere Gespräche geduldig angehört hatte: »Neulich habe ich in einem Zeitungsartikel gelesen, wie die Deutschen die zwei alten jüdischen Friedhöfe in Plaszów dem Erdboden gleichgemacht und ein Lager darauf gebaut haben. Daneben war ein Foto, es zeigte den einzigen Grabstein, der wie durch ein Wunder bis heute unberührt geblieben ist. Und, stellt euch vor, es stand ›Jakob Abrahamer‹ darauf! Der Name meines Urgroßvaters! Jetzt möchte ich sein Grab natürlich besuchen. Der Stein steht dort in Plaszów. Wisst ihr, wo das Lager war?«
Sie wussten es.
»Morgen ist ohnedies Feiertag, wir fahren hin!«, beschloss Anja gleich. »Wir werden den Grabstein suchen. Da du unsere Tante bist, ist er auch *unser* Urgroßvater.«
»Papa! Papa! Wir haben einen neuen Urgroßvater!«, riefen die Mädchen.
»Danach gehen wir Kuchen essen, in ein Gartencafé, du hast's versprochen«, verkündete Sophie, und ein Lächeln zauberte Grübchen in ihr Gesicht.

»Und ich ziehe meine neuen Schuhe an, nicht wahr, Mama?«, rief Nathalie. Sie war die Eitle.

Jetzt suchen wir und suchen, die Zeit vergeht. Wir können das Grab nicht finden. Unter dem blauen Himmel ist nichts – nur diese weite, bunte, duftende Wiese. Am Rande blühen Jasmin und Flieder, es riecht betörend.
Ich senke den Kopf und versuche hier etwas anderes zu sehen. Nackte Erde. Schnee. Matsch. Kälte. Mit den Grabsteinen wurden Wege gelegt. Stacheldraht. Baracken aus Holz. Der Galgen aus dem gleichen Holz. Die Aufseher schreien und schlagen mit den Peitschen um sich. Hier wurden Menschen eingesperrt, die noch kurz zuvor nichts ahnend als brave Bürger in dieser Stadt gelebt haben. Die wie mein Vater noch kurz zuvor im schönen Frack auf einem Ball getanzt haben. Die Aufseher schreien ununterbrochen, genauso unaufhörlich schwingen sie die Peitschen. Auf einem Hügel – ist es der hier? – verbrennen sie die Leichen. Tag und Nacht. Der süße Geruch der Leichen. Uringeruch. Einen Platz hier nennt man den Rosengarten. Da werden Menschen ausgepeitscht, die roten Blutlachen sehen aus wie große Rosenblüten.
Ich gehe langsamer und lasse die Mädchen vorauslaufen. Aber auch sie werden müde. Die Sonne brennt richtig. Wir müssen jemanden fragen, denke ich. Jemanden, der sich hier auskennt.

Aber die einzigen Häuser sind ziemlich weit weg, und kein Mensch ist zu sehen. Es ist ein Feiertag.

Plötzlich sehe ich ihn. Einen jungen Mann mit etwas einfältigem Gesicht. In der Hand hält er eine Coladose, aus seiner Jackentasche schaut eine Wodkaflasche hervor. Wahrscheinlich wollte er hier in aller Ruhe auf seine Weise den Nationalfeiertag begehen.

Auf einmal sieht er sich von fünf energischen Frauen eingekreist.

»Wissen Sie, wo unser Urgroßvater ist?«, ruft Nathalie laut.

»Welcher Großvater?«

Der junge Mann ist verdutzt. Als ich ihm ruhig die Geschichte erkläre, erhellt sich sein Gesicht. »Abrahamer? Ja, natürlich, ich weiß es. Da oben ist er. Rechts. Dort, wo die vielen Jasminsträucher sind. Sie müssen hier hochgehen.« Auf einmal ist er ganz gesprächig: »Mein Großvater spricht immer noch dauernd von dem Krieg, wissen Sie? Er wohnt hier in der Nähe. Hat immer schon hier gewohnt. Er musste damals den Deutschen helfen, als sie das Lager hier gebaut haben. Er musste die schweren Grabplatten schleppen, obwohl er erst vierzehn war. Und er war kein Jude«, sagt er mit Nachdruck. »Ja, ja, ich kenne die alten Geschichten. So, jetzt finden Sie das Grab bestimmt.«

Er schwingt seine Coladose und verschwindet

hinter den Bäumen. Wir klettern hoch, das Gras unter unseren Füßen rauscht leise – ich versuche mir die nackte, schwarze Erde vorzustellen, den nassen Lehm, die Kälte.
Sie gehen bis zu den Knöcheln im Dreck. Sie sind fast ohnmächtig vor Angst und Müdigkeit. Wer seine Schuhe verloren hat, hat keine Chance. Manche umwickeln sich die Füße mit altem Zeitungspapier, binden das Ganze mit Stofffetzen zusammen. Über die Köpfe peitschen die Schüsse. Nur nicht umdrehen, weitergehen! Wer stehen bleibt, kriegt die nächste Kugel. Amon Göth, der wahnsinnige Lagerkommandant, ist ein guter Schütze. Die anderen sind es auch. Es macht ihnen Spaß. Sie lachen laut. Sie lachen, wenn sie den Menschen den Mund zukleben und sie vor sich niederknien lassen. Sie lachen, wenn die jüdischen Musiker ihnen beim Essen aufspielen. Danach bewerfen sie sie mit Essensresten. Wer von den Sterbenshungrigen etwas davon auffängt, wird getreten.
Hier irgendwo haben sie meinen Onkel aufgehängt.
Ich gehe immer langsamer und denke an all die Erzählungen aus meiner Kindheit. Nach dem Krieg kamen sie zurück, die wenigen, die überlebten. Sie erzählten und erzählten – aber niemand wollte es hören, und so verstummten sie bald …
»Hier! Hier! Hier ist es, wir haben ihn, Tante

Roma!« Die fröhlichen Mädchenstimmen reißen mich aus meinen Gedanken.
»Da ist er!«
Tatsächlich. Ich stehe vor dem Grab meines Urgroßvaters. Es ist das einzige Stückchen Erde, das mir gehört. Ein schlichter Grabstein, aber unberührt, unbeschädigt. »Jakob Abrahamer«, steht darauf, dreiundsiebzig Jahre, gestorben im Jahre 1933, fast zehn Jahre bevor …
Die Mädchen legen die Maiglöckchen vor den Grabstein und zünden mitgebrachte Kerzen an. Dann treten sie pietätvoll zurück, damit ich beten kann. Aber ich kenne kein Gebet, nur die zwei Worte *Schema Jisrael* – Höre, Israel! Mehr nicht. Mein Kopf ist leer. »Vater unser«, könnte ich noch sagen, das kann ich, aber würde es meinem jüdischen Urgroßvater gefallen?
Ich lege auf die Platte einen kleinen Stein. Dann berühre ich Anjas Schultern: »Lass uns gehen!«
Die Kinder wundern sich sicher, weshalb ich nicht gebetet habe. Aber wie soll ich ihnen erklären, dass ich kein einziges Gebet kann. Dass ich versäumt habe, das Beten zu lernen?
Wir sitzen in einem schönen Gartencafé unter alten Bäumen. Die Tische sind mit Spitzendeckchen gedeckt. Wir bestellen viel. Kuchen und Torten, Kakao, Tee und Kaffee. Und Eis natürlich.
Sophie taucht ihren Löffel in eine große rosa Eiskugel. »Willst du probieren, Tante?«

»Von mir auch, von mir auch«, meldet sich ihre kleine Schwester. Ich lächele sie an, das Eis schmeckt wirklich gut.
Vor kurzem habe ich einen Bericht aus Plaszów gelesen. Von einer Frau, die das Lager als junges Mädchen überlebt hat. Die Frauen durften unter ihrer Sträflingskleidung keine Büstenhalter tragen. Eine haben sie dennoch erwischt. Sie stellten sie nackt auf den Appellplatz. Sie beschmierten ihre Brüste mit roter Ölfarbe. Die Farbe trocknete in der Sonne. Es tat entsetzlich weh. Danach haben sie die Frau erschossen.
An den Tisch neben uns setzt sich eine Gruppe lachender amerikanischer Touristen.
»Oh, nein«, höre ich einen von ihnen sagen, »morgen haben wir keine Zeit. Morgen fahren wir nach Auschwitz.«
»Du siehst müde aus, Tante Roma. Wir fahren dich heim.« Marie legt ihre kleine, weiche Hand auf die meine.
In meinem Hotelzimmer falle ich sofort, so wie ich bin, in Kleidern und Schuhen ins Bett. Mir ist kalt, und ich decke mich mit allen Decken zu. Draußen geht die Sonne langsam unter und taucht das Zimmer in grau-goldenes Licht. Ein strahlender Maitag geht zu Ende.
Ich bin so müde – ich versinke langsam in einen tiefen, bleiernen Schlaf. Ich träume, dass auf dem Grab des Urgroßvaters ein weiches Kissen liegt. Ich lege mich hin und bette meinen Kopf darauf.

Die Mädchen decken mich mit etwas Weichem, fein Duftendem zu und verschwinden. Die kleine Nathalie kommt noch einmal zurück, als hätte sie etwas vergessen. Sie beugt sich über mich und flüstert mir ins Ohr.

»*Schema Jisrael*«, sagt sie.

Der Mann in Pink

Diese Geschichte hat keine Pointe, keine Moral und keinen versteckten tieferen Sinn. Es ist bloß eine schlichte Geschichte aus dem Familienalbum. Soll ich sie Ihnen deswegen vorenthalten?

Am Anfang unserer Emigrantenzeit waren wir sehr arm. Das sagt sich so leicht, wenn das kleine Wörtchen »waren« dazwischen liegt. Nein, wir waren nicht wirklich arm, wir hatten nur lange Zeit kein Geld. Wir waren trotzdem reich an Ideen, Plänen, Ambitionen und Hoffnungen. Bloß Geld hatten wir nicht.

Oft bestand unsere Mahlzeit nur aus einer Suppe – in Wasser aufgelöste Brühwürfel – sowie gerösteten Brotscheiben mit Knoblauch als zweitem Gang. Wir waren bei jedem Wetter zu Fuß unterwegs, um das Geld für die Straßenbahn zu sparen, was meinen Füßen und vor allem meinen Stöckelschuhen überhaupt nicht bekam.

»Ich muss doch Geld verdienen, irgendwie«, meinte Jan verzweifelt und entschlossen, »als Kellner, Tellerwäscher, Fensterputzer, egal.«

»Nein, das tust du nicht! Ich verbiete es dir.«

Ich konnte manchmal sehr energisch sein, wenn es darauf ankam. Ich war der Meinung, dass der amerikanische Traum »Vom Tellerwäscher zum Millionär« nicht für jeden und in jeder Situation anwendbar ist – schon gar nicht für Jan. Ich glaubte, wenn man eine Begabung hat, ein Talent, eine Vision, soll man sie verwirklichen. Man soll dabei bleiben, egal was passiert. Die Kunst ist oft ein zartes Pflänzchen, das geht beim Tellerwaschen einfach ein und treibt vielleicht nie wieder aus. Dann schon lieber kein Geld. Damit man später, nach vielen Jahren, nicht sagen muss: Ich wäre sicher, ich hätte gekonnt, wäre ich nur ... Meistens bekommen es dann die Kinder zu hören: »Ich hätte damals gekonnt ... wenn du nicht gekommen wärst.« Nein, das wollte ich nicht.
Damals renovierten wir wieder einmal eine Wohnung, die wir vorübergehend – was war schon in unserem Leben nicht vorübergehend – preiswert gemietet hatten. Die Wohnung war in einem sehr schlechten Zustand. »Für die Zigeuner noch gut genug«, meinte unsere Vermieterin wortwörtlich. Sie hatte meinen Vornamen Roma als Volkszugehörigkeit verstanden.
Wir strichen die Wände, lackierten den Fußboden. Wir wollten die Wohnung wunderschön haben, sie sollte unsere eigene Zauberwelt sein, unsere Zuflucht, ein Paradies für unser kleines Kind. Wir kauften billige, nicht zusammenpas-

sende Möbel, die dank etwas weißer und silberner Farbe zu Schmuckstücken wurden. Ich nähte ganze Berge von bunten Kissen – es war die Hippie-Zeit, und wir waren ewige Studenten.
Mein Mann war nicht gerade handwerklich begabt, also hingen die Spiegel oft schief, die Stromleitung verschwand hinter dem Schrank und fand sich nicht wieder, die Türen klemmten. Aber wie alle Männer war Jan sehr stolz auf seine technischen Leistungen, und meine Kritik war nur auf mein streitsüchtiges, ekelhaftes, störrisches Wesen zurückzuführen.
Trotzdem war unsere Oase fast fertig. »Und jetzt möchte ich noch das Badezimmer in Pink, wie in einem Hollywood-Film«, verkündete ich. Ich kaufte Handtücher in Rosa (gab es preiswert im Sonderangebot), pinkfarbene Zahnputzbecher, eine babyrosa Klobürste und einen Eimer rosa Farbe.
»Die Badezimmerwände streiche ich dir jetzt gleich. Farbe ist ja da«, bot Jan an, und ich fand es sehr freundlich von ihm.
»Wir müssen aber heute ins Theater, in die Premiere«, gab ich zu bedenken.
»Ach was, es dauert höchstens zwei Stunden, das mach ich wie nichts, wäre doch gelacht – ich will das verdammte Renovieren endlich hinter mir haben.«
Das Badezimmer war sehr schmal, aber hoch. Jan musste die Leiter in der Badewanne auf-

stellen. Auf einer zweiten Leiter stand der große Eimer voll rosa Farbe. Jans Leiter stand nicht sehr stabil, und er balancierte akrobatisch mit dem Pinsel in der Hand. Er war schon immer ein guter Tänzer.
Ich beschäftigte mich inzwischen nacheinander mit dem Kind, mit Augenanmalen und meiner Migräne, die ich ziemlich regelmäßig vor jedem Ausgehen bekam.
»Schon fertig!« Jan marschierte ins Wohnzimmer. »Da wirst du staunen«, sagte er mit kaum unterdrücktem Stolz.
Wir zogen uns um, Jan schlüpfte in seinen dunkelgrauen Hochzeitsanzug. Schnell ein Blick ins Badezimmer! Wunderbar! Lediglich eine Ecke über der Badewanne war noch schmutzig weiß geblieben. Jan hatte sie einfach übersehen.
»Schöööön, was?« Jan wölbte die Brust.
»Aber die Ecke?«
»Was für eine Ecke denn? Dass du immer etwas zu meckern hast!«
»Du hast die Ecke vergessen.«
»Macht nichts, mach ich sofort.« Schon kletterte Jan im dunkelgrauen Hochzeitsanzug, den er für die Premiere angezogen hatte, auf die Leiter.
»Aber das Theater?«, warf ich ein.
»Egal – das muss jetzt fertig werden. Basta! Schließ die Tür und lass mich in Ruhe!«
Ich tat es gerne. Nach fünf Minuten hörte ich

ein lautes Gepolter, einen Schrei, einen Fluch. Dann nur noch leises Jammern.
Ich stürzte ins Badezimmer. Jan saß in der Badewanne, neben sich die Leiter und den umgekippten Eimer. Er war ganz in rosa Farbe getaucht. Sein Anzug war pink, sein Haar, sein Gesicht, auch seine Brille. Rosa Farbe tropfte aus seinem Bart, tropfte auf den Fußboden.
Ich konnte ihm leider nicht gleich helfen, denn ich bekam einen Lachkrampf. Ich lachte und lachte, er tropfte und tropfte. Ich hatte einen Mann in Pink.

Ein Lächeln, eine Rose

Man redet nicht mit Fremden. Überhaupt wird in Deutschland nicht allzu viel geredet. Nicht auf der Straße, nicht in Geschäften, auch in der Bahn nicht. Wenn Sie jemand in der Straßenbahn anlächelt, können Sie ziemlich sicher sein, er ist entweder betrunken oder ein Ausländer.

Um meine Selbstsicherheit zu üben, fange ich oft Gespräche mit fremden Leuten an. Es sei eine besonders gute Übung, sagen die Therapeuten. An diesem trüben Herbsttag gehe ich zur U-Bahn. Es ist regnerisch, es ist kalt. Wer in seiner Kindheit so viel gefroren hat wie ich, trägt das Frieren und Zittern in sich. Man friert innerlich immer ein wenig. An kalten Tagen natürlich besonders. Ich sitze in der fast leeren U-Bahn-Station auf der Bank und fühle mich klein. Eine Frau kommt die Treppe herunter, mit einer einzelnen Rose in der Hand. Es ist eine wunderschöne Blume, ungewöhnlich groß, größer als eine Faust, mit langem Stiel. Es ist die schönste Rose, die ich je gesehen habe, dunkelrot, fast violett, beinahe blau. Sie hat die Farbe des Weins aus Montepulciano.

Gleich beginne ich zu üben. »Was für eine schöne Rose«, sage ich. »Ganz ungewöhnlich.« Ich lache die Frau an.
»Wirklich ungewöhnlich.« Sie lächelt zurück.
»Haben Sie Rosen gern? Ich auch.«
Wir reden eine Weile über Blumen und lächeln. Es ist ein ganz banales Gespräch, ich kann es nicht erklären, aber auf einmal fühlen wir uns so gut, so vertraut, beinahe glücklich.
Ihre U-Bahn kommt, und die Rosenfrau verschwindet in der Tür.
»Schönen Tag noch!«
»Schönen Tag!«, rufe ich zurück.
Doch bevor die Tür zugeht, streckt die Frau

noch die Hand mit der Rose aus. »Hier! Schenk ich Ihnen!«
Die Rose ist jetzt bei mir. Sie gehört zu meiner privaten Juwelensammlung wie der Regenschirm der Frau von der Haltestelle und andere seltene Kostbarkeiten.

Tanz der Gerechten

Die Frau A. war eine Person, die immer das Richtige tat und nie das Falsche. Sie war ein wirklicher Menschenfreund. Um ihre Sympathie für die Juden zu demonstrieren, nannte sie ihren ersten Sohn Moses. Den zweiten allerdings nannte sie Sven, um ihre reiche norddeutsche Familie nicht zu verärgern. Sie war hübsch anzuschauen, immer adrett angezogen, immer ein freundliches Lächeln auf den rot geschminkten Lippen. Sie mochte Türken gern, ließ sie Gartenarbeit für sich verrichten, kaufte auch bei ihnen um die Ecke Gemüse. Alles, was sie tat, tat sie mit Überzeugung und Enthusiasmus. Einen wohlhabenden Mann und ein Haus mit Garten hatte sie im Hintergrund – versteht sich.
Besonders gerne aber mochte sie die Afrikaner. Sie sammelte eifrig für Äthiopien und kochte Essen zu Gunsten der angolanischen Kinder. Sie kochte mit Kindern in der Schule, in die auch mein Sohn ging und in der sie Vorsitzende des Elternbeirates war. Dank ihres sonnigen Wesens und einiger Spenden war sie bei den Lehrern sehr beliebt und eng befreundet mit der Direktorin.

Eines Tages erschütterte uns die Nachricht, dass die alte Schule wegen irgendwelcher Sparmaßnahmen statt renoviert geschlossen werden sollte. Die Kinder weinten, die Lehrer waren ratlos. Dies aber war die Stunde der Frau A. Sie bastelte eigenhändig ein großes Transparent und versammelte die Mütter auf dem Marktplatz, um für die Schule zu demonstrieren. Auch ich ging hin, denn ich mochte die Schule meines Sohnes sehr. Außerdem war ich ziemlich einsam in dieser Zeit und dachte, ein wenig rauszugehen und mit den Menschen zu sprechen tue mir gut.
Mit dem Eifer einer Neukonvertierten stürzte ich mich geradezu in die Diskussionen und hatte Erfolg damit. Meine Aktien bei Frau A. stiegen enorm. Gleichzeitig stiegen auch die Aktien meines nicht immer sehr fleißigen Sohnes bei den Lehrern der Schule. Drei Tage lang schrien wir uns fast die Seele aus dem Leib, dann war der Sieg unser. Die Schulbehörde hatte nachgegeben. Um den Sieg zu feiern, trafen wir uns alle in der Aula. Unsere Vorsitzende hielt eine Ansprache, dankte einigen Müttern ausdrücklich für ihr Engagement, unter anderem auch mir. Dann ließ sie die Kinderlein singen. »Und am Montag«, verkündete sie zum Schluss in ihrem munteren Befehlston, »ziehen wir uns weiß an, treffen uns auf dem Marktplatz und tanzen für den Frieden.«
Ich konnte mir nicht helfen, ihr Ton erinnerte

mich an die BDM-Mädchen oder an unsere kommunistischen Betreuerinnen aus der Stalin-Zeit.
Da wandte sie sich direkt an mich: »Und Sie, liebe Frau Ligocka, sind, so hoffe ich, unbedingt auch dabei.«
Ich konnte mich nicht mehr beherrschen. »Nein, Frau A., ich werde nicht dabei sein! Ich musste schon als Kind unter einem kommunistischen Regime auf Befehl tanzen. Für einen Frieden, der keiner war. Nein, nein! Ich werde ganz bestimmt nicht mit Ihnen tanzen!«
Ich stand auf, schloss die Tür heftig hinter mir und ging.
Die Aktien meines Sohnes in der Schule sanken rapide. Er stand kurz vor dem Rausschmiss.
Aber seien wir ehrlich! Könnten Sie sich vorstellen, wie ich, ein jüdisches Kind aus dem Krakauer Getto, im weißen Kleid auf einem deutschen Marktplatz einen Freudentanz vorführe? Auch wenn es für den Frieden sein soll.
Seither sind einige Jahre vergangen. Inzwischen tobte der Golfkrieg. In Bosnien wurden Frauen und Kinder erschossen. Im Kosovo Mädchen vergewaltigt, Häuser verbrannt. In Tschetschenien die Städte in Schutt und Asche gelegt. Auch in Deutschland brennen schon wieder Asylantenheime.
Und wo tanzt die Frau A. jetzt?

Sein oder Nichtsein?

Lass uns endlich gehen, bitte! Lass uns gehen, Jan!«, seufzte ich. »Nach Hause.«
Wir saßen in der Kneipe. Es war spät, voll und stickig. Alle Diskussionen waren schon verebbt, die meisten Schnäpse ausgetrunken. Ich war müde, gelangweilt, wollte schlafen. Nie hab ich das lange Sitzen in den Kneipen gemocht. »Man muss den Ball verlassen, wenn es am schönsten ist«, sagte meine Mutter. »Wenn du in den ersten drei Stunden niemanden abschleppst, kannst du es vergessen«, meinte meine Freundin sachlich.
Aber Jan saß gerne in Lokalen, redete gerne, liebte Gesellschaft. Ich schaute mich um: Die Gesichter um mich waren hässlich, aufgedunsen, verschwitzt – ich hasste sie alle.
Ein bekannter Regisseur vom Nebentisch stand auf, kam zu uns und beugte sich über mich: »Hamlet, wissen Sie«, sagte er. Sein Atem roch nur noch nach Spiritus und Tabak. »Hamlet, wissen Sie.« Er starrte in mein Dekolleté. »Das ist die Frage des Seins oder Nichtseins.«
Ja, das wusste ich.

»Du machst einen großen Fehler, Roma«, meinte Florentin, der Schauspieler zu meiner Rechten, »wenn du kein LSD nimmst. Es erweitert ungeheuerlich das Bewusstsein.«
Ich habe selber Seele genug, wollte ich Heine zitieren. Aber er hätte es nicht verstanden. »Lass uns gehen, Jan!«, sagte ich stattdessen. Die Kellner räumten schon die Tische ab. Wir gingen tatsächlich.
Auf der Straße war es herbstlich und feucht. Die weichen, vergilbten Blätter lagen auf den Pflastersteinen und verbreiteten einen süßlich faulen Geruch.
»Die Stadt hat schon immer etwas Morbides gehabt«, sagte Jan. Ein kalter Schauer lief mir über den Rücken. Die Straßen waren menschenleer.
Der Würstchenverkäufer gegenüber der Oper machte gerade seine Bude zu, aus den Töpfen stieg noch Dampf. Wir blieben bei ihm stehen. Mit einem Würstchen in der Hand wanderten wir durch die dämmernden Gassen. Es war fast vier Uhr morgens, eine Niemandsstunde. Die feiernden Menschen waren schon schlafen gegangen, die arbeitenden noch nicht rausgekommen. Auf dem vor uns liegenden Josephsplatz sahen wir plötzlich eine lange, schlanke Gestalt: Johannes!
Johannes war damals einer der schönsten Männer in Wien. Blond, mit lockigen Haaren. (Ich

hab's mit den Blonden, werden Sie sagen, aber es war so!) Er hatte strahlende blaugrüne Augen und einen schön geschwungenen Mund mit einem leicht bitteren Ausdruck, was damals sehr »in« war. Er war schlank, groß und wirkte trotzdem etwas verloren.

Er war ein Schauspieler ohne Engagement.

»Wie geht es euch? Habt ihr mal wieder gefeiert? Bist du immer noch so schön, Roma?« Er kam näher. »Ja!«

»Du auch, Johannes, du auch. Wie geht es dir?«

»Ach, mir geht es prächtig, einfach prächtig.« Er schaute mir in die Augen. »Du willst so viel, du gleichst darin dem Meer, das alle Wasser fasst: so gleich ihm ganz; die Willensfülle würde mein Begehr noch mehren, noch ein Will' will Toleranz«, zitierte er aus einem von Shakespeares Sonetten.

Er war dafür bekannt, dass er sie alle auswendig konnte. Plötzlich änderte sich seine Stimmung. Er nahm mich in die Arme und begann mit mir zu tanzen.

»Fräulein, wollen wir Shimmy tanzen, Shimmy, Shimmy ist der Clou vom Ganzen«, sang er und drehte sich mit mir im nebeligen Licht. »Shimmy, Shimmy ist der Hit dieser Ballsaison ...«

Wir drehten uns immer schneller, stolperten. Er kniete vor mir nieder, nahm meine Hand. Seine schönen, langen Finger waren kalt, zitterten leicht – aber seine Augen glühten fieberhaft.

»Auf deiner Schönheit Schein bestehst du fest, du Wucherer mit der Habe, die dich ziert, der Freund, den du als Schuldner zahlen lässt …«

Jan wurde langsam ein wenig eifersüchtig. »Und wie geht es dir beruflich, Johannes?«, fragte er unvermittelt.

»Beruflich? O ja, prächtig. Ich bin gerade dreiunddreißig geworden. Hab kein Engagement. Aber es macht nichts. Es kommt schon was. Ich habe heute haufenweise Post verschickt. Ich werd's schon richten.«

Mich überkam wieder ein kalter Schauer. Wir sollten lieber gehen. »Es ist kalt«, sagte ich.

»Also, schlaft schön, meine Lieben, bleibt glücklich! Vergiss mein nicht! Servus!«

»Schlaf gut, Johannes!«

Am nächsten Tag wachten wir erst gegen Mittag auf. Stunden später brachte jemand die Abendzeitung.

»Wisst ihr, was passiert ist? Der Johannes, der schöne Johannes, hat sich umgebracht. Heute Morgen, kurz nach vier.«

Der Religionslehrer

Der Unterricht fand in seinem Wohnzimmer statt. Die Mädchen saßen um den runden Mahagonitisch versammelt und lauschten der leisen, müden Stimme des Lehrers.
Er war ein älterer, kleiner Mann mit weißgrauem Wuschelbart und runder Brille. Immer wenn meine Tante Luna von ihm erzählte, lachte sie, und meine Mutter lachte mit. Sonst wurde bei uns nicht viel gelacht. Meine Mutter und ihre entfernte Cousine Luna haben in ihrem Leben so einiges erlebt, danach war das Lächeln aus ihren Gesichtern fast verschwunden. Und wenn sie mal lachten, zeigten sich bald in ihren Augen die Tränen. Bei der Erinnerung an den alten Religionslehrer aus Krakau aber lachten sie. Vielleicht ist er mir deswegen im Gedächtnis geblieben, obwohl ich ihn nicht kannte. Er lebte vor dem Krieg, lange vor meiner Geburt. In der schönen, ruhigen Stadt Krakau wohnten friedlich viele Juden. Sie machten sich damals – vor allem die reichen von ihnen – hauptsächlich Sorgen über die Ausbildung und die Zukunft ihrer Kinder, ohne zu wissen, dass es für diese keine Zukunft mehr gab.

Wie die meisten der reichen Juden schickte auch Tante Luna ihre einzige, heiß geliebte Tochter Aline auf die beste Schule der Stadt. Es war ein katholisches Gymnasium, von deutschen Ordensschwestern geführt. Die Mädchen lernten dort Deutsch, Französisch, katholische Religion und natürlich gutes Benehmen. Jüdisch lernten sie dort nicht.

Um ihr Gewissen zu beruhigen und nicht als schlechte Juden zu gelten, schickten die Eltern ihre Mädchen zweimal in der Woche nachmittags zum jüdischen Religionsunterricht. Der Lehrer, ein schüchterner, schweigsamer Mensch, hatte von sich aus seinen Schülerinnen nicht viel zu sagen. Aber er kannte tausend Zitate, Sprüche und unzählige Geschichten aus heiligen Schriften. Bei jedem neuen Satz hob er seinen Zeigefinger und fing an: »Denn es steht geschrieben, dass …« Die Mädchen stellten ihm gerne viele Fragen, dachten sich schon im Voraus welche aus, denn sie wussten, dass er dann seinen Bart kneten und seinen Zeigefinger heben würde.

»Denn es steht geschrieben, dass …« Er begann eine lange Erklärung, zuerst auf Polnisch, dann ging er ins Jüdische, schließlich ins Hebräische über. Dabei zitierte er die Heilige Schrift und berühmte Rabbiner, schweifte immer mehr vom Thema ab, vergaß einfach seine Schülerinnen. Die Mädchen konnten die Zeit herrlich nutzen, indem sie sich unter dem Tisch alberne

Briefchen schrieben, kicherten oder einfach ein Nickerchen machten.
Ab und zu wurden auch die Mütter zu dem Lehrer eingeladen, damit sie sich über die Fortschritte ihrer Töchter vergewissern konnten. Und da sie sich als bewusste Jüdinnen fühlten, ließen sie es sich nicht nehmen, bei ihm zu erscheinen. Und so saßen die feinen, eleganten Damen der Gesellschaft mit ihren modischen Hüten und Boas, mit funkelnden langen Ohrringen und schweren Goldketten behangen um den runden Mahagonitisch im kleinen dunklen Wohnzimmer des Lehrers. Andächtig lauschten sie seiner raschelnden Stimme und tranken den von ihm zubereiteten blassen, lauwarmen Tee aus silbergefassten Gläsern.
Und da passierte meiner Tante Luna das erste Malheur. Sie entdeckte in ihrem Glas eine tote Fliege. Was tun? Die Situation war delikat. Trinken konnte sie den Tee nicht, stehen lassen aber auch nicht, um den Gastgeber nicht zu beleidigen.
»Herr Lehrer«, sagte sie schließlich und errötete, »in meinem Glas ist eine Fliege.«
Der Lehrer hob das Glas, betrachtete es lange nachdenklich im Licht der Stehlampe, hob den Zeigefinger und dachte über die Unabwendbarkeit des Schicksals nach.
»Denn …«, es fiel ihm kein Zitat ein. »Sie muss da reingefallen sein«, sagte er nur, ratlos und

erstaunt. »Sie muss da reingefallen sein ...?« Und er trug das Glas schleppenden Schrittes in die Küche.

Zweimal im Jahr, wenn es in der Schule Zeugnisse gab, bekamen die Mädchen auch welche für den Religionsunterricht. Da passierte die zweite Katastrophe. Die kleine Aline, die schöne, begabte Tochter meiner Tante, die kleine Prinzessin, von Mutter und Vater abgöttisch geliebt, lag auf dem Sofa und weinte. In ihrem Religionszeugnis stand nur »gut«, während in den Zeugnissen ihrer Freundinnen ein sattes »Sehr gut« stand. Nur »gut«?

Weinend vergrub sie ihren Kopf in die weichen Kissen, als über sie hinweg ein erbitterter Streit ihrer Eltern tobte, der mit dem klassischen Satz des Vaters endete: »Wie erziehst du denn eigentlich meine Tochter, während ich schwer unsere Rosinenbrötchen verdiene?«

Das war meiner Tante Luna zu viel. Sie packte ihre weinende Tochter an der Hand und zerrte sie durch die engen Krakauer Gassen zu dem Haus des Lehrers. Es war nicht weit, in Krakau ist es nirgendwohin sehr weit. Sie ließ das schluchzende Mädchen vor der Tür stehen und marschierte energisch hinein. Als sie im Wohnzimmer vor dem Lehrer stand, hob sie ihren Zeigefinger.

»Denn es steht geschrieben«, sagte sie mit vor Wut erstickter Stimme. »Was steht denn hier

geschrieben, Herr Lehrer? Hier steht nur ›gut‹ geschrieben, und die anderen …«
Dann wurde sie laut und hielt dem verdutzten Mann eine lange, feurige Predigt, wobei sie die zarte Seele ihrer Tochter und deren außerordentliche Intelligenz hervorhob und auch das hohe Lehrgeld nicht unerwähnt ließ.
Der kleine Mann schaute sie mit seinen vom vielen Lesen geröteten Augen ratlos an und schob seine Brille zurecht.
»Gut ist doch nicht schlecht«, sagte es dann leise. »Gut ist doch gut. Ist gut etwa schlecht?«
Die schlichte Antwort nahm Tante Luna vollständig den Wind aus den Segeln. Sie seufzte nur, schwang ihre Boa und rauschte mit hoch erhobenem Kinn aus dem Raum. Das Zeugnis ließ sie auf dem Tisch liegen. Draußen auf der Straße schaute ihre Tochter sie mit großen verweinten Augen fragend an.
»Gut ist auch gut!«, sagte die Mutter nur und schob der Tochter ein Schokoladenbonbon in den Mund. Anschließend kaufte sie ihr noch ein großes Stück rosa Himbeersahnekuchen, der in Krakau schon seit Generationen die Kinder von ihren Schmerzen befreite.

Einige Zeit später trafen sich die drei in Auschwitz wieder. Tante Luna, der Religionslehrer und die erst vierzehnjährige Aline.
Die Tante und ihre Tochter überlebten das La-

ger. Der Religionslehrer nicht. Wie starb er? Hat er vor dem Tod geweint? Oder war er mutig? Konnte er noch seinen Zeigefinger heben und die Schrift zitieren? Hatte er Todesangst? Flüsterten seine blass gewordenen Lippen *Schema Jisrael* – höre Israel!, die zwei Wörter, die die Juden in ihrer Todesstunde sagen? Musste er vorher seine Brille abgeben? Oder wurde sie ihm einfach zertrümmert? Ich weiß es nicht.

Aber immer wenn mich das dumme, belanglose Geschwätz meiner Mitmenschen zu ersticken droht, immer wenn ich glaube, in ihrem bedeutungslos gewordenen Wortmeer zu ertrinken, denke ich an die schlichte Antwort des alten Religionslehrers: »Gut ist doch gut. Ist gut etwa schlecht?«

Die Menschenfreunde

In der Zeit, als in Deutschland die ersten Asylantenheime brannten, regte sich in München schon bald der Widerstand. Die vernünftigen, anständigen Leute waren mit Recht erschüttert und empört.

Es wurden aber auch die, wie ich sie nenne, Berufsmenschenfreunde auf den Plan gerufen. Das sind diejenigen, die sich gerne reden hören, die immer das Richtige tun und nie Zweifel an ihrer Anständigkeit haben. Viele Menschen bildeten eine Lichterkette. Es standen aber sicher auch welche dort, die ihre Nachbarn schikanierten, die nie einem Ausländer ihre Wohnung vermietet hätten, für die der Respekt vor dem Menschen an sich überhaupt kein Begriff war.

Nun, dabei sein ist manchmal wirklich alles. Jedenfalls war es eine Zeit lang angenehm, in München eine andere Hautfarbe zu haben. Je exotischer, desto besser. Manche Münchner Intellektuelle liefen sogar in T-Shirts mit der Aufschrift: »Ich bin ein Türke!« herum. Dass die meisten dieser Intellektuellen noch nie mit einem Türken gesprochen, geschweige denn mit ihm an

einem Tisch gesessen hatten, spielte dabei keine Rolle. Wenn ich ein Türke wäre, hätte ich mir ein solches T-Shirt verbeten. Aber was hat ein Ausländer schon zu verbieten. Er soll doch dankbar sein, dass man ihn liebt. Denn es geht auch anders ... In der Lebensmittelabteilung eines großen Kaufhauses herrschte am Abend immer reger Betrieb. Um diese Zeit wurden nämlich oft die Preise für Obst und Gemüse gesenkt, damit die Leute schnell noch das verderbliche Zeug kauften, bevor es verfaulte. Es waren immer viele Ausländer da. Türken, Italiener, Farbige. Sie drängten und schubsten sich gegenseitig, um die Melonen und den Blumenkohl zum halben Preis zu ergattern. Auch ich war oft dabei, denn erstens war ich gerade Vegetarierin geworden – was zu dieser Zeit »irrsinnig in« war – und zweitens war ich wieder mal vorübergehend nicht sehr flüssig.

Die dicht gedrängten Menschen lauschten einer munteren Lautsprecherstimme, die verkündete, wo es billige Bananen, Salat zu halbem Preis und Gurken fast umsonst gab. Die Leute schoben dann ihren Einkaufswagen gehorsam schnell in die entsprechende Richtung. Ein großer Schwarzer (irgendwie habe ich kein Glück mit großen schwarzen Männern), mindestens ein Meter neunzig, hatte es besonders eilig. Er schubste mich, rempelte mich mit seinem Einkaufswagen an, und als ich zurückrempelte, packte er meinen Wagen und stieß ihn in die Ecke.

Nun, ich war wütend, aber nicht sprachlos. Im Gegenteil. Um den Größenunterschied zwischen uns auszugleichen, begann ich ihn lauthals und nicht sehr fein anzubrüllen. Er wurde noch wütender und verzog das Gesicht, und ich hatte Angst, dass er mich schlägt. Hilfe suchend sah ich mich um. Und da merkte ich, dass um mich eine seltsame Stille herrschte, mir eine Welle der Missbilligung entgegenschlug.

»Hier bei uns«, sagte schließlich eine korpulente Dame mittleren Alters (haben Sie übrigens je bemerkt, wie viele korpulente Damen mittleren Alters man in Lebensmittelgeschäften trifft? Sie scheinen dort ihre Nester zu haben), »hier bei uns im Lande«, sie hob den Zeigefinger, »sind wir nett zu unseren farbigen Gästen. Und wer das nicht ist …« Eine offene Drohung war in ihrer Stimme.

Ich war den Tränen nahe. Seht ihr denn nicht, hätte ich fast geschrien, dass er doppelt so groß ist wie ich und ich doppelt so alt wie er, dass ich eine Frau bin, eine Jüdin, auch eine Fremde …! Aber es hätte nichts genutzt. Ich senkte den Kopf und fügte mich. Denn wer von den Menschen geliebt wird und wen sie kreuzigen, das hängt oft davon ab, was gerade angesagt ist. Meistens ist es purer Zufall.

Wo sind die Clowns?

Das Fernsehen ruft an, aus Wien. Ich soll in einer Talkshow auftreten. Ich freue mich, bin aufgeregt. Auch wenn es nicht das erste Mal ist. Fernsehen. Flugzeug. Luxushotel. Limousine mit Chauffeur. Auftritt.
Die Tür ins Studio öffnet sich, ein kleiner Schubs, es ist wie Fallschirmspringen – und schon sitze ich vor den Kameras. Das Studio ist voll. Ich schaue mich um – und traue meinen Augen nicht: das ganze Publikum nur bunt bemalte Masken.
Man hat eben Zirkusleute eingeladen, ganz einfach, einen ganzen Zirkus. Vor ihnen soll ich jetzt meine Holocaustgeschichte erzählen. Und da sitzen sie schon: Clowns, große und kleine, in bunten Kostümen, mit Pappnasen und roten Perücken. Jongleure, Dompteure, Athleten mit nacktem, tätowiertem Oberkörper, Illusionisten, Seiltänzer.
»Nun, erzählen Sie, Frau Ligocka …« Die Moderatorin hat dickes Make-up, ein Puppengesicht, nicht viel anders als die Clowns, und zeigt berufsmäßige Betroffenheit.
Was tun? Weglaufen? Dableiben? Was ist wich-

tiger: Disziplin oder Würde, schießt es mir durch den Kopf. Vielleicht tut sich der Boden auf, und die Erde verschluckt dich.
Nun, erzählen Sie doch! Hatten Sie Angst, froren Sie? Erzählen Sie von dem Leichengeruch, von zermalmten Knochen, von Matratzen aus Menschenhaar ... von den aufs Pflaster geworfenen Säuglingen, von den auf dem Zaun aufgespießten ... von der Giftkapsel in Ihrer Kinderhand ...
Ich schaue in die bemalten Gesichter. Ich sehe, dass sie Augen haben. Wissende Augen?
Und ich erzähle – direkt vor diesen Augen, direkt in diese Gesichter. Von der Angst, von Leichenbergen, Matratzen aus Menschenhaaren – den Säuglingen, den Hunden und der Giftkapsel in meiner Hand.
Ich vergesse die Masken, vergesse die Kostüme und sehe nur ihre Gesichter. Und sie vergessen es

auch. Sie sind keine Clowns mehr. Zum Schluss stehen sie auf und applaudieren. Lange, sehr lange.
In ihren schwarz umrandeten Augen glitzern Tränen.

Angst und Frivolitäten

Es ließ sich nicht mehr leugnen: Mein Sohn Jakob hatte kein gutes Verhältnis zur englischen Grammatik. Auch mit der Orthographie haperte es.

Englisch lernte er von seinen schwarzen Freunden in der American-Football-Mannschaft und auch von amerikanischen Soldaten. Mit denen spielte er Billard. Wir wohnten damals nicht weit von einer ihrer Kasernen. Er sprach die Sprache fließend, wie ein amerikanisches Straßenkind. Sein Wortschatz war vielleicht größer als der seines Lehrers – jedenfalls saftiger. Aber das alles gefiel dem Lehrer nicht.

Der hatte in England studiert und befleißigte sich, wie man von ihm sagte, eines Akzents, der selbst die britische Königin vor Neid erblassen ließe. Er galt weit und breit als der beste Englischlehrer.

Ich hatte noch nicht das Vergnügen, ihn zu kennen, hatte aber das ungute Gefühl, dass er wie viele humorlose Menschen seine mäßige Intelligenz mit übermäßigem Fleiß kompensierte. Bekannt war er auch dafür, dass er nicht nur die

Hefte seiner Schüler sorgfältigst korrigierte, sondern auch kleine gelbe Zettel hineinklebte, auf denen er mit winziger Schrift noch einmal genau erklärte, warum er etwas falsch fand, wenn es ganz offensichtlich und ohnedies für jeden einsehbar nicht richtig war.
Jakob fand das doof – und den Akzent des Lehrers lächerlich. Aber so komisch war die Sache auch wieder nicht, denn ihm drohte eine Sechs, und die Versetzung meines Sohnes war gefährdet. Also musste ich eines Tages in die Schule und hatte Angst davor.
Der Lehrer war groß, schlank, etwa Mitte dreißig, hatte aber schon grau meliertes Haar. Er trug Jeans, ein ziemlich grelles so genanntes Freizeithemd und sah aus wie ein solide gewordener Hippie. In einem Ohr hatte er einen Ohrring.
Als ich vor ihm stand und zu ihm hinaufschaute, fühlte ich mich – wie so oft – klein und hilflos. Da war schon wieder jemand, der mein Wohlergehen oder, noch schlimmer, das meines Kindes in der Hand hatte. Möglicherweise sogar dessen Schicksal. Wie sollte ich ihn umstimmen? Wie die drohende Gefahr abwenden?
Mit schüchterner Stimme fragte ich nach Jakobs Noten. Das Gespräch war nicht sehr gut. Nach alter Gewohnheit versuchte ich das Mitleid des Lehrers zu wecken – und diesmal war es falsch. Es machte ihn nur wütend.

»Glaubt denn Ihr Herr Sohn, dass er sich in der Schule alles erlauben und mich für dumm verkaufen kann?« Der Lehrer wurde laut. »Und Sie? Wollen Sie mich hier mit Ihrem Kummer und Ihrer Vergangenheit erpressen?«, schrie er mich an.
Das Schreien, ich kannte es. Ich kannte es gerade auf Deutsch so gut. Ich zog die Schultern hoch, wurde noch kleiner. Tränen, die ich zurückhalten wollte, schossen mir in die Augen. Mein Kinn zitterte.
Da merkte der Lehrer, dass er zu weit gegangen war. Es wurde ihm peinlich – vielleicht tat es ihm auch Leid. Er hielt inne, außerdem klingelte es.
»Ach, wissen Sie«, sagte er nach einer Weile in verändertem Tonfall, »wir müssen das alles in Ruhe ausdiskutieren. Kommen Sie einfach morgen zu mir zum Tee! Da können wir ein tiefer gehendes Gespräch führen und das Verhältnis Ihres Sohnes zur englischen Grammatik hinterfragen.« Er benutzte tatsächlich diesen 68er-Jargon. »Und auch Ihr Verhältnis zu Ihrem Sohn! Das kommt von Ihrem Unterbewusstsein«, sagte er noch beim Weggehen und zielte mit seinem Finger auf mein Herz.
Das kommt von der Gestapo, sagte ich zu mir. Außerdem geht dich mein Verhältnis zu meinem Kind einen …
Am nächsten Tag, am Nachmittag, stand ich aber doch brav vor der Wohnungstür des Lehrers.

Er trug Sandalen an den nackten Füßen und – Sie werden es mir nicht glauben – eine dünne lila Latzhose, die seine bescheidene Männlichkeit überdeutlich hervorhob. Auf dem Tisch dampfte der Kräutertee. Ich setzte mich dem Lehrer gegenüber auf das Sofa.
Nur ruhig bleiben, Haltung bewahren und das Gespräch so schnell wie möglich beenden!, schärfte ich mir ein.
Aber ich hatte nicht mit seinen Vögeln gerechnet. Der Hippielehrer war ein naturliebender Mensch und hatte in seiner Wohnung nicht nur viele Pflanzen, sondern auch Wellensittiche. Gleich vier, in zwei Käfigen, die auf dem Fensterbrett standen. Es verschlug mir gleich die Sprache, und ich erstarrte, denn ich habe panische Angst vor Vögeln. Sie kommt aus einer dunklen Ecke meiner Gettokindheit – ich habe diese Angst immer schon, auch wenn mir die Ursachen nicht ganz klar sind. Meine leidenschaftliche, verzweifelte Liebe zu meinem Kind kommt auch aus dieser Ecke. Hier sind mir die Zusammenhänge umso klarer, aber auch das hätte der Lehrer nicht verstanden.
Da er natürlich auch ein freiheitsliebender Mensch war, standen die Käfigtüren weit offen. Bald fingen die Vögel an herumzuflattern. Mir wurde schwindlig, mir wurde übel, ich begann zu zittern.
Ein Vogel setzte sich auf meinen Kopf.

Ich schrie, ich konnte den Schrei nicht unterdrücken. Es schrie mich: Ich hörte meine Stimme neben mir, als wäre es eine fremde.
Der Vogel verhedderte sich in meinem Haar.
Ich fiel auf die Knie und versteckte meinen Kopf im Schoß des Lehrers.
Der Vogel pickte mich mit seinem harten Schnabel in den Kopf. Ich schrie noch lauter und vergrub mein Gesicht noch tiefer zwischen den Lehrerbeinen.
Nun, er war kein Präsident und ich keine Praktikantin. Aber es war peinlich genug. Denn auf einmal stand die Frau des Lehrers in der Tür und beobachtete die Szene mit offenem Mund, ein kleines Baby auf dem Arm.
Wie ich die Wohnung verlassen habe, weiß ich nicht mehr genau. Die beiden haben mich schließlich von dem Vogel befreit und mir hastig meine Sachen gereicht, die Brille, den Mantel, die Handtasche. Den ganzen Weg nach Hause rannte ich, als wäre der Vogel – oder der Lehrer – noch hinter mir her.
Erstaunlicherweise hatte die Geschichte keine schlechte Auswirkung auf die Noten meines Sohnes, im Gegenteil. Vielleicht scheute der Lehrer ein weiteres tiefer gehendes Gespräch.

Die schöne Unbekannte

Die Nachricht schlug bei uns wie eine Bombe ein. Na ja, vielleicht wie eine Handgranate. Das Ensemble des Warschauer Nationaltheaters kommt zu einem Gastspiel nach Wien. Zu uns! Nach Wien! Aus Polen! Unsere Freunde!
Seit Monaten wanderten wir einsam durch die Straßen Wiens, traurig, voller Sehnsucht. Die Leute gingen an uns vorbei, abweisend, fremd, wir gehörten nicht dazu. Manchmal hatten wir Arbeit in einem kleinen Kellertheater, dann wieder nicht. Es ging drunter und drüber in unserem Leben, meistens drunter.
Wir waren Emigranten geworden, waren einfach nicht in unsere alte Heimat zurückgekehrt. Und auch wenn wir gute Gründe dafür hatten, wussten wir, viele unserer Freunde würden es nicht verstehen. Die Freunde aber fehlten uns sehr. Wir waren noch jung, in einem Alter, in dem Freunde sehr wichtig sind. Wichtiger manchmal als die sich ewig sorgende Mutter. Wichtiger auch als Geld. Doch Geld hatten wir ebenfalls nicht.
Zuerst kamen viele Briefe von Kollegen mit Fra-

gen, Ratschlägen, neuestem Klatsch. Dann wurden sie immer seltener, verstummten schließlich ganz. Auch das Telefon schwieg.

»Ihr seid in Polen zu Unpersonen geworden, es gibt euch dort gar nicht mehr. Eure Namen sind gestrichen«, klärten uns nüchtern alte Emigranten auf. »Das ist in diesem Regime immer so.«

»Jetzt wird sich das ändern«, verkündete Jan enthusiastisch. »Es kommen doch meine besten Freunde! Wir haben jahrelang zusammen gearbeitet, geprobt bis zum Umfallen ...«

»Haben in der Kantine die Nächte durchgesoffen«, ergänzte ich mit einem Seufzer.

»Mit dem Intendanten habe ich zusammen studiert. Er muss mich verstehen, wir werden alles klären. Und dann ändert sich auch alles. Du wirst sehen. Wir sind doch keine Verräter. Vielleicht können wir dann eines Tages zurück«, sagte er noch träumerisch. »Als Gäste oder so ...«

»Oder so ...«, sagte ich.

An dem Abend zogen wir unsere besten Sachen an und schmierten uns vorher Selbstbräuner ins Gesicht, um auszusehen, als kämen wir aus dem Urlaub. Die Wirkung fiel ziemlich gelb aus, besonders bei Jan, der blond war.

Von der Vorstellung im Burgtheater bekamen wir kaum etwas mit. Wir verschlangen jedes Wort, verstanden aber vor Aufregung nichts. Die Hände taten uns weh vom Klatschen.

»Schau, der Intendant ist grauer geworden«, flüsterte ich Jan zu, »und die Hauptdarstellerin dicker ...«

»Ach was!«, sagte Jan.

Kaum war die Aufführung zu Ende, waren wir schon hinter den Kulissen. Wir liefen den schmalen Gang entlang, liefen immer schneller, ich verlor dabei meinen teuren weißen Federhut. Auch das war egal. Schließlich sahen wir sie. Sie standen in kleinen Grüppchen vor den Garderoben, unterhielten sich, rauchten. Mit offenen Armen liefen wir auf sie zu: »Zbyszek! Halina!«

Es wurde still. Sie standen da und sagten kein Wort. Der Intendant ging grußlos mit nach vorne gerichtetem Blick an uns vorbei, als wären wir Luft. Jan fielen die Hände herunter, sein Gesicht färbte sich rot. Unsere Beine wurden bleischwer. Wir blieben stehen.

Mein einziger Gedanke war: Wie bringe ich Jan einigermaßen würdevoll hier weg. Ich sah, er war am Zusammenbrechen.

Plötzlich aber öffnete sich die Tür zu der nächsten Garderobe, und der Hauptdarsteller in diesem Stück, ein großer, berühmter alter Schauspieler, kam auf uns zu. Er nahm uns nicht gerade in die Arme, aber er streckte die Hand aus. »Jan, alter Junge!«

Gleich gesellte sich auch die kleine Souffleuse zu uns, eine alte Jungfer mit Mäuschengesicht. Die restlichen Ex-Kollegen hatten es auf einmal sehr

eilig und verschwanden in ihren Garderoben. Wir standen nun zu viert da in dem düsteren Flur des Theaters und wussten nicht, was wir sagen sollten.
Aber auf einmal erhellte sich Jans Gesicht. »Wisst ihr was, ich lade euch zum Essen ein, in ein tolles Restaurant!«, rief er begeistert. »Kommt mit, ich zeige euch Wien!«
Zeigen wollte er vor allem, dass es ihm gut ging und dass er Geld hatte.
Er hatte tatsächlich welches – am nächsten Morgen sollten wir die Miete zahlen. Er trug den ganzen Betrag bar in seiner Brieftasche.
Na fein, dachte ich, bestens! Die Miete ist weg!
Der alte Schauspieler und die Souffleuse aber freuten sich. Vor dem Theater trafen wir Jane, eine junge Amerikanerin, Jans Assistentin. Sie arbeitete in unserem Kellertheater umsonst, dafür lernte sie Deutsch. Es war sozusagen ein bargeldloser Kulturaustausch. Jetzt wollte sie auch mit.
Ob die Miete wohl reicht?, fragte ich mich.
Wir gingen tatsächlich in das beste und teuerste Restaurant der Stadt, ein traditionsreiches Haus, ein früherer Weinhandel. Unter dem weiß getünchten Kellergewölbe sah man in Rahmen die Unterschriften von vielen berühmten Persönlichkeiten, angefangen bei Mozart und Beethoven. Der Kellner im Frack sah auch so aus, als habe er die beiden Herren noch bedient. Sein Gesicht war lang, würdig und ein wenig grünlich.

Jan vertiefte sich sogleich in die Weinkarte und las die wohlklingenden Namen laut vor. Ich las leise die rechte Seite mit den Preisen.
Jane, unsere Amerikanerin, bestellte ein Glas Milch.
»Milch, gnädige Frau?«, fragte der Kellner ungläubig, und sein Gesicht wurde noch grüner. »Zum Rehrücken?«
»Ja!«, sagte Jane und zeigte ihm ihre zweiunddreißig schneeweißen Zähne.
Ich bekam ein Beefsteak-Tatar und aß die Zutaten getrennt auf, weil es mir so besser schmeckte. Der Kellner hüstelte, seufzte, schnaufte. Schließlich beugte er sich über mich. »Gnädige Frau – das mischt man«, sagte er mit einem Flüsterton, den man noch am anderen Ende des Restaurants hören konnte.
Unter seinem strengen Blick rührte ich die Ingredienzien zu einem undefinierbaren bräunlichen Brei. Erst dann verließ er uns zufrieden.
»Prost! *Na zdrowie!*« Wir tranken viel, erzählten. Neugierig stellten wir unseren Freunden viele Fragen: »Was tut sich in der Kulturszene? Wer hat unsere Jobs gekriegt? Wie sieht die Stadt aus? Steht Krakau noch?« Und vor allem: Wer jetzt gerade mit wem …
Der Wein war gut und teuer. Wir schwelgten in Erinnerungen, wurden sentimental, fast melancholisch.
»Können wir etwas für euch tun, euch irgendwie

helfen?«, fragte die Souffleuse und legte ihr Mäuschengesicht in Falten. »Braucht ihr irgendetwas aus Polen?«
Eigentlich war sie eine ganz nette Person. Wieso hab ich es früher nie bemerkt.
»Ich weiß was«, sagte sie dann. »Ich werde euch Bücher und Zeitschriften schicken, damit ihr immer auf dem Laufenden seid. Ja, das mache ich!«
Eine Gruppe von Gästen betrat den Raum: eine große, schöne blonde Frau, eine kleine ältere hinter ihr und ein Mann mit grauen Schläfen. Sie setzten sich an den reservierten Tisch neben uns.
Plötzlich setzte Jan sein Glas ab und putzte sich die Brille. »Also Kinder«, sagte er leise, »entweder bin ich schon vollkommen besoffen, oder hier sitzt die Gracia-Patricia von Monaco. Dreht euch jetzt nicht um!«
Natürlich drehten wir uns alle um. Ja, das war sie! Unsere polnischen Freunde waren begeistert. Nicht nur, weil sie ihren ersten Abend in Wien im besten Restaurant verbrachten, da saß auch noch die Fürstin von Monaco neben ihnen.
Und ich hatte eine Idee: Wir schreiben ihr einen Brief. Briefpapier hatten wir nicht, aber die vornehme Speisekarte tat es auch. Jan musste schreiben, obwohl er meinen Einfall gar nicht so gut fand.
»Wie redet man sie an: ›Königliche Hoheit‹ oder ›Gnädige Frau‹?«
»Schreib beides!«

»Was heißt ›Gnädige Frau‹ auf Englisch?«
Wir schrieben, dass wir eine Gruppe polnischer Schauspieler seien, aus dem Ensemble des Warschauer Nationaltheaters, das hier an der Burg ein Gastspiel gebe, und dass wir entzückt wären, wenn sie uns die Ehre erweisen würde, die Vorstellung zu besuchen.
Danach baten wir den grünen Kellner, ihr den Brief zu überreichen. Er hielt uns inzwischen für komplett verrückt, aber er tat es. Auf silbernem Tablett, versteht sich.
Die Fürstin las den Brief, legte ihn neben den Teller und unterhielt sich ruhig weiter mit ihrer Gesellschaft.
»Na, siehst du«, zischte Jan mir ins Ohr, »du mit deinen dummen Ideen!«
Aber da stand sie schon auf und kam an unseren Tisch. »Vielen Dank für Ihren netten Brief«, sagte sie mit einem bezaubernden Lächeln. Die Männer sprangen auf, wir Frauen blieben vor lauter Verlegenheit sitzen. Um diese Peinlichkeit zu überspielen, setzte sich die Fürstin auch. In dem Moment sprangen wir aber auf. Diese Gymnastik übten wir noch eine ganze Weile, bis endlich alle saßen.
Die Damen unter Ihnen wollen jetzt sicher wissen, wie Gracia angezogen war. Also, sie trug ein graues Tweedkostüm, Chanel, glaube ich, und eine rosa Bluse mit Rüschen. Ach, und Goldkettchen. Sie stellte viele Fragen, interessierte sich für

das Stück, das Theater, das Publikum. Die Unterhaltung floss lebhaft und angeregt. Sie fühlte sich sichtlich wohl bei uns, bestellte noch Wein und machte keine Anstalten zu gehen.
»Ich hätte auch gerne ein gutes Theaterensemble in Monaco«, sagte sie nach einer Weile. »Wie Sie vielleicht wissen, bin ich auch Schauspielerin.« Wieder huschte das zauberhafte Lächeln über ihr Gesicht. »Morgen kann ich leider nicht zu Ihrer Vorstellung kommen, ich muss schon wegfahren.«
Sie reichte uns die Hand.
»Aber vielleicht kommen Sie mal nach Monte Carlo?«, sagte sie und ging.
Eine Wolke ihres wunderbaren Parfums zog hinter ihr her.
»Klapp deinen Mund wieder zu!« Jan schüttelte meinen Arm.
Viel, viel später, auf dem Weg nach Hause, fielen mir unsere Sorgen wieder ein. »Was machen wir morgen, Jan?«, fragte ich vorsichtig. »Wir haben kein Geld für die Miete.«
Jan blieb stehen und rieb sich die Stirn. »Ja«, meinte er, »das ist wahr. Das Geld haben wir nicht.« Plötzlich lachte er mich an wie ein kleiner Junge. »Aber du hast mit einer ›Königin‹ gespeist.«

Begegnungen

Mein alter Wasserkessel ist kaputt, ich brauche einen neuen. Ich koche immer sehr viel Tee. Tee ist gut, wenn man friert.
Es ist ein heller Morgen, die Sonne scheint, als ich vom Tageslicht in das künstliche Licht des Kaufhauses trete. Die Augen tun mir weh. Alles erscheint unwirklich. Ich wandere zwischen Bergen von Waren und Türmen aus Gegenständen. Alles gibt es doppelt, zehnfach, hundertfach.
Irgendjemand muss das sicher brauchen, denke ich. Ich spüre, dass ich Kopfweh bekomme. Ich friere wieder, an diesem warmen Tag. Ich habe das Gefühl, nicht mehr richtig zu wissen, wo ich hier bin und was ich hier tue. Die Leute kaufen und kaufen.
Irgendwann werden sie alle sterben, denke ich unvermittelt. Werden sie Angst haben? Sie tragen ihr Geld brav zur Kasse, gehen raus mit Paketen. Wird es jemanden geben, der ihre Hand hält? Oder werden sie einsam sein? Und jeder hinterlässt einen Haufen Gegenstände, die niemand mehr brauchen kann.
Endlich stehe ich in der Topf- und Pfannenabtei-

lung, vor mir das Regal mit Wasserkesseln. Wie viele sind es? Hundert? Sie glitzern metallisch, weiß, bunt. Manche haben kleine Flöten, andere sind mit niedlichen Blümchen verziert, mit Schmetterlingen, Vögelchen.
Ich suche mir einen hübschen, mittelteuren Kessel aus. Er lächelt mich förmlich an. Ich drücke ihn an mich und marschiere zur Kasse. Unterwegs schaue ich in einen Spiegel, sehe mir in die Augen.
Auch ich werde sterben, denke ich. Unglaublich. Ich auch? Und wer bekommt dann meinen Wasserkessel?
Die Musik ist so laut, das Licht so grell. Warum eigentlich? Wovor haben wir Angst? Sind wir vielleicht schon alle gestorben?
Bloß weg hier!
An der Kasse stelle ich mich in die Reihe, hinter mir ein noch junger Mann, unscheinbar, ziemlich blass, mit hoher Frauenstimme.
Sofort beginnt er zu zetern: »Ich war doch vor Ihnen da! Was soll das, da könnte ja jeder kommen! So eine Frechheit! Eilig haben wir es schließlich alle ...«
Ganz in Gedanken noch, drehe ich mich zu ihm um: »Sie werden sterben...«, sage ich.
Wenn ich erwartet habe, dass er jetzt innehält, nachdenklich wird – eigentlich wollte ich nur, dass diese piepsige Stimme verstummt –, habe ich mich getäuscht.

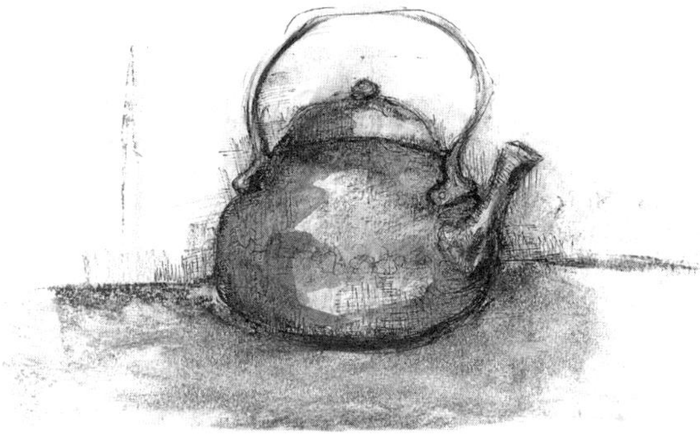

Er schaut mich nur kurz an. »Sie aber *vor* mir«, sagt er gehässig.
»Da wäre ich nicht so sicher, junger Mann«, antworte ich langsam und stelle den schönen Metallgegenstand auf die Theke, direkt vor seine Nase. »Ich wäre da gar nicht so sicher«, sage ich und gehe – gehe hinaus ins Licht und in die Sonne.
Der alte Kessel tut es auch noch.
Worte haben manchmal eine seltsame Wirkung.
Ich frage mich heute, ob der junge Mann noch lebt.

Showbusiness

Die Fernsehshow ist fast zu Ende. Finale. Das Orchester spielt lauter. Ich schaue abwechselnd zur Bühne und auf die vielen Monitoren, dann kurz zum Regisseur, der neben mir sitzt. Die Cancan-Tänzerinnen haben bunte Federbüsche im Haar, sie wedeln mit ihren regenbogenfarbenen Rüschenröcken. Sie reißen ihre Beine hoch, dabei zeigen sie schwarze Strapse und winzige schwarze Höschen.

Ich drehe mich zu dem Regisseur: »Damals, in der Belle Époque, trugen die Damen dabei keine Unterwäsche.«

»Jaaa?«, fragt er interessiert.

»Sie trugen einfach gar nichts drunter«, sage ich und zwinkere ihm zu.

»Wirklich?« Er lächelt und zwinkert zurück.

Die Tänzerinnen knallen in einer kunstvollen Spagatfigur auf den Boden, dann springen sie blitzschnell wieder auf und wedeln nochmals mit allem, was sie haben: mit dem Kopfschmuck, mit den Brüsten und mit ihren Röcken.

»Schluss, danke!« Der Regisseur klatscht laut in die Hände. »Ende der Aufzeichnung«, sagt er,

»vielen Dank an alle.« Dann wendet er sich mir zu: »Schöne Kostüme, Frau Ligocka, wirklich wunderbar! Sie sind eine tolle Kostümbildnerin.«
Ich lächle ihn glücklich an und möchte ihn am liebsten umarmen. In diesem Augenblick möchte ich im Studio alle umarmen – bis zum letzten Kabelträger.
Der Regisseur ist groß und blond. Ein gut aussehender Mann mit goldener Brille. Er hält sich sehr gerade und hat etwas Militärisches an sich. Vielleicht, weil er adelig ist und sein Großvater ein wichtiger General im Krieg war. Er heißt von H., wie sein Großvater.
»Toll, Frau Ligocka«, wiederholt er, »wirklich schön! Soll ich Sie nach Hause fahren? Wir haben den gleichen Weg.«
Welch eine Ehre für mich! »Gerne. Natürlich. Danke!«
Ich sitze neben ihm im Auto, und tausend aufregende Gedanken schießen mir durch den Kopf. Er wird dir jetzt sicher die nächste Show anbieten und dann wieder die nächste. Er ist in der Branche ein wichtiger Mann. Ich werde viel arbeiten – wo finde ich bloß einen Babysitter? – und richtig viel Geld verdienen für mich und für mein Kind. Ich werde eine wirkliche *working mom* sein, wie in einem Hollywood-Film. Vielleicht hab ich's jetzt endlich geschafft. Endlich.
Tief in Gedanken merke ich plötzlich, dass er

mir etwas erzählt, und ich habe ihm gar nicht zugehört.

»... im Sommer fahren wir mit den Kindern in die Türkei«, höre ich ihn sagen. »Wir leben da in einem kleinen Dorf, weit weg in den Bergen. Es ist alles sehr einfach dort, ganz ursprünglich. Erstaunlich, wie primitiv die Leute dort leben.«

Er steuert seinen großen Mercedes geschickt durch den dichten Straßenverkehr. In seiner Stimme mischt sich Begeisterung mit leichter Verachtung. Seine schönen, gepflegten Hände hält er locker auf dem Lenkrad. Am Handgelenk funkelt eine flache goldene Armbanduhr.

»Die Dorfbewohner feiern oft große Feste, mit Lagerfeuer und so ... Das finden meine Jungs natürlich toll – Sie wissen, ich hab zwei Buben, fünf und sieben Jahre. Und wenn ein Schaf geschlachtet wird, da gehe ich auch hin und zeige es meinen Söhnen. Sie sollen es sich ansehen. Erst schneidet man dem Schaf die Kehle durch« – seine gepflegte rechte Hand macht die entsprechende Bewegung –, »dann hängt man es an einem Haken an die Scheunentür zum Ausbluten.«

»Und das zeigen Sie Ihren Kindern?«, frage ich ungläubig mit heiserer Stimme.

»Ja, sicher.« Er nickt, und um seine Lippen spielt ein kaltes Lächeln. »Zum Abhärten.«

»Ach so, ja«, sage ich mit belegter Stimme, aber doch laut genug, »früh übt sich ...«

Er schaut mich an, wird ganz rot im Gesicht. Das

Auto bleibt abrupt mit quietschenden Reifen stehen.
»Das, das, das … Das ist eine Unverschämtheit … das hätten Sie nie zu mir sagen dürfen, niemals. Gerade Sie nicht … Gerade zu mir nicht, Sie wissen gar nicht!« Seine Stimme wird höher, geht in eine Art schrilles Quieken über.
Mir wird sofort klar, dass er glaubt, ich habe an seinen Großvater und dessen Vergangenheit gedacht, und ich kann es nicht ändern.
»Aber so ist es doch, Herr Baron«, wiederhole ich leise und mache die Autotür auf, »früh übt sich, was ein Meister …«
Ich steige aus, und das Auto braust sofort mit quietschenden Reifen davon.
»… werden will.« Ich gehe langsam die Straße entlang. Es nieselt leicht, aber das macht nichts. Der Regen kühlt mein glühendes Gesicht. Es ist auch nicht mehr weit nach Hause.
Er gibt dir keinen Job mehr, nie wieder. Der nicht! Aus der Traum, sage ich zu mir. Aber das beschäftigt mich im Moment wenig. Vor mir sehe ich nur die zwei kleinen Buben, die sich an den Händen halten und mit großen Augen zuschauen, wie das getötete Schaf mit dem Kopf nach unten an der Scheunentür hängt, während das Blut aus ihm herausfließt. Und die dicken, warmen Blutstropfen, einer nach dem anderen, lautlos in der Erde versickern.

Conversos

Wir sind sieben am Tisch und kennen kein Gebet.

Genau genommen sind wir fünf, denn zwei sind Kinder, und die interessieren sich nicht so sehr für das Beten. Der Tisch ist weiß gedeckt, unsere schönen Teller stehen darauf und zwei silberne Leuchter mit weißen Kerzen. Auf einem Teller liegen zwei kleine Brote, *challot* genannt, sie sind mit einer schneeweißen Serviette zugedeckt. Der *Schabbat* kann beginnen.

Mein Sohn Jakob wirft noch einen prüfenden Blick über die Tafel, ob alles in Ordnung ist. Ich weiß, dass er so etwas wie Lampenfieber hat – ich habe es auch. Andererseits freue ich mich, denn noch nie sind so viele Menschen am Sabbat um unseren Tisch gesessen. Wir sind fast eine Familie, auch wenn ich unsere Gäste heute zum ersten Mal sehe.

»Bei uns zu Hause gab es drei Gebetbücher …«, sagt Lydia.

»Mutter, zünde die Kerzen an!«, sagt Jakob, »wo sind die Streichhölzer?«

Doch statt der Aufforderung meines Sohnes zu

folgen, lasse ich mich von meinen Gedanken an einen kalten, verregneten Herbsttag vor einem Jahr zurückversetzen, der unser Leben veränderte.

Dabei fing alles an wie immer. Es war ein hoher jüdischer Feiertag, ich besuchte Jakob in Berlin, wo er wohnte, und wir gingen beide in die Synagoge. Das taten wir schon seit vielen Jahren, seit meine Mutter gestorben war. Solange sie lebte, war sie in unserer kleinen Familie für die Religion zuständig. Sie tat das wenige, was sie aus der jüdischen Religion beibehalten hatte, auf ihre typische Art: still, unauffällig, am Rande unseres Lebens sozusagen. Als wollte sie uns damit nicht belästigen – vielleicht auch nicht belasten. Als ich dann nach ihrem Tod in der Synagoge saß und mir mit ihrem Taschentuch die verweinten Augen trocknete, ihr Gebetbuch in der Hand, in dem ich nur die wenigen deutschen Worte verstand, nicht aber die hebräischen (außerdem hielt ich es verkehrt herum), wurde mir auf einmal klar, dass ich jetzt diejenige war, die ...
Seitdem ging ich mit Jakob an hohen Feiertagen regelmäßig in die Synagoge. Wir feierten auch Sabbat, indem ich etwas Gutes, Jüdisches kochte, zwei Kerzen anzündete, wie es meine Mutter früher tat, und die paar Worte des Segens sprach, an die ich mich erinnern konnte.

Wie schon so oft verließen wir auch diesmal die Synagoge etwas frustriert und ein wenig traurig. Wir gingen schweigend zum Auto.

»*Git jontew!*«, sagte ich – es war Jiddisch und hieß so viel wie »Guten Feiertag!« Jedenfalls sagte es immer meine Mutter.

»Hast du etwas vom Gottesdienst verstanden?«, fragte ich meinen Sohn rhetorisch.

»Nein, ich bin einfach aufgestanden mit den anderen und hab mich wieder hingesetzt, wenn sie es taten«, meinte er resigniert. »Das war alles.«

Jakob fuhr ziemlich schnell. Ich fühlte mich schuldig. Wenn ich einen Vater, Onkel, eine Tante, Schwester, irgendjemanden hätte, der wüsste, was an einem solchen Feiertag zu tun ist! Ich fühlte mich schuldig, als hätte ich eigenhändig vor einem halben Jahrhundert unsere Familie, unsere Kultur ausgelöscht, als wäre allein ich dafür verantwortlich, dass mein Kind sich jetzt so einsam und heimatlos fühlt.

Jakob war gerade wieder Single geworden und machte sich Gedanken über sein Leben. Ich auch.

»Wir sind schon ein seltsames Volk«, sagte ich in die Stille hinein. »Wir kennen unsere Sprache nicht, nicht unsere Gebete, nicht mal die israelische Nationalhymne können wir singen.«

»Nicht alle«, sagte Jakob, »nicht alle. Wir! Bin ich deshalb weniger Jude?«

Ich spürte, wie das Gespräch eine offene Wunde in meinem Herzen berührt, vielleicht auch in

seinem. Warum habe ich meinem Sohn keine Familie geschaffen, wie er sie verdient hätte? Oder war es einfach falsch, mit ihm in die Synagoge zu gehen?
»Es kann nicht sein, dass wir die Einzigen sind, denen es so geht«, sagte ich verzweifelt.« Es muss auch andere geben, auch in deinem Alter, es muss …«
»Ach was«, fiel Jakob mir ins Wort, »lass uns Kaffee trinken gehen!« Er steuerte auf einen Parkplatz zu.
Seit dem Tag merkte ich aber, dass sich etwas verändert hatte. Mein Sohn brachte am nächsten Abend Bücher mit. Viele Bücher. Es wunderte mich nicht, er hat schon immer viel gelesen. Aber es war etwas anderes. Er blätterte in den Büchern, kritzelte Buchstaben auf kleine Zettel … Es waren seltsame Buchstaben, hebräische?
»Ich lerne jetzt Hebräisch«, sagte er einige Tage später beiläufig.
Ich kannte diese Beiläufigkeit, sie bedeutete, er war wild entschlossen, etwas zu tun, und nichts auf der Welt würde ihn davon abbringen. Genauso war es, als er beschloss, tauchen zu lernen …
Ich fuhr wieder nach München zurück, um zu arbeiten. Wir telefonierten oft, wie immer.
»Ich habe interessante Menschen kennen gelernt«, meinte er eines Tages, »Juden wie wir, stell dir vor! Die suchen auch …«

»Wie hast du sie kennen gelernt?«
»Durchs Internet natürlich. Aber jetzt sehen wir uns öfter.«
Ich freute mich. »Sind sie nett?«
»Du wirst sie mögen. Adam und Eva. Eva war in der israelischen Armee, Adam ist Wissenschaftler. Ihnen ist auch erst jetzt klar geworden, dass sie Juden sind ...«
Als ich das nächste Mal zu Besuch nach Berlin kam, traf ich etwas früher als geplant bei meinem Sohn ein. Er war noch nicht da, nur seine neue Putzfrau.
»Sie haben hier viel zu tun?«, fragte ich, um etwas zu sagen, und stellte meine Koffer ab.
»O ja«, sagte sie, »besonders seit die Kinder da sind ... Aber die sind ja so nett, Ihr Sohn hat sie so gern ...«
Die Kinder? In meinem Kopf lief blitzschnell ein Film ab. Hatte mein Sohn nebenbei eine Beziehung, von der ich nichts wusste? Die er mir verheimlicht hat? Aber warum? Wir erzählen uns doch immer alles! O Gott! O Gott! Kinder?
Was er auch getan hat, ich werde es akzeptieren, beschloss ich dann und wartete. Als er nach Hause kam, schlossen wir uns in die Arme. Es war wie immer die reine Wiedersehensfreude, die uns den Atem nahm. In solchen Augenblicken wussten wir, wie nahe wir uns waren.
Aber dann musste ich es doch wissen. »Ich hab deine Putzfrau getroffen«, fing ich vorsichtig an.

»Ja?«
»Sie erzählte mir von den Kindern …«
»Ah ja?« Jakobs Gesicht erhellte sich. »Sie sind so süß! Benni ist fünf und die Rosa drei – absolut süß und unglaublich intelligent.«
»Aber wem gehören sie?«
»Sie gehören Lydia, hab ich dir das noch nicht erzählt? Sie ist jetzt auch zu uns gestoßen.«
»Auch durchs Internet?«
»Nein, Adam und Eva kennen sie schon lange. Sie ist Übersetzerin. Ihre Eltern kommen aus dem Osten, aus der Tschechei, glaube ich. Sie ist frisch geschieden, und wir kümmern uns etwas um sie. Sie hat die Kinder öfter bei mir gelassen. Ich hab auf die beiden aufgepasst, als sie ihre Behördengänge machen musste, nach ihrer Scheidung. Du, es macht Spaß …«
Der Stein, der mir vom Herzen fiel, rollte durch die ganze Wohnung und die offene Balkontür, ehe er auf die Straße fiel. Ich schaute noch nach, ob er jemanden erschlagen hatte.
»Weißt du was«, sagte ich gut gelaunt, lade sie doch alle zu uns ein, am Freitagabend, zu einem richtigen Sabbatessen.
»Gut«, sagte Jakob, »kann ich machen, wir haben sowieso vor, zusammen *Schabbat* zu feiern. Aber … ob es ein richtiger Schabbat wird … Wir kennen doch keine Gebete …«
»Aber wir feiern doch immer Schabbat, wenn wir zusammen sind, wir zwei. Und ich kann das

Tischgebet sagen, wenn auch nicht ganz, und ich kann gut kochen.«

»Ja, das kannst du«, gab mein Sohn gnädig zu. Während der nächsten Tage studierte er noch öfter seine Bücher. Es war so, als ob er ein schwieriges berufliches Problem zu lösen hätte.

»Ich habe sie alle eingeladen«, sagte er schließlich, »sie kommen am Freitag.«

»Erzähl mir etwas mehr von ihnen!«, bat ich. »Wenn ich sie jetzt kennen lernen soll ...«

»Allzu viel weiß ich auch nicht. Wir kommen uns erst langsam näher, wir fragen auch nicht viel.«

»Ja.« Das verstand ich. Es gab vieles, worüber zu sprechen auch mir nicht leicht fiel. Manche Erinnerungen taten heute genauso weh. Es braucht Zeit ...

»Die interessanteste Geschichte hat wohl Eva«, fing Jakob an. »Sie wuchs in Bayern auf in einer sehr katholischen Familie. Mit sechzehn hat sie erfahren, dass sie ein Adoptivkind ist und ihre Mutter Jüdin war. Mehr sagte man ihr nicht. Das hat sie tief verletzt, und voll Zorn verließ sie die Familie und ging nach Israel in einen nichtreligiösen Kibbuz. Dann meldete sie sich zu Armee. Sie kämpfte richtig mit der Waffe in der Hand an der Front. Adam sagt, sie war sehr tapfer, aber davon erzählt sie nicht viel. Sie redet überhaupt wenig. Irgendwann war dann ihre Militärzeit zu Ende. Eines Tages saß sie am

Rande der Wüste, aß Falafel, und auf einmal bekam sie Sehnsucht nach Schwarzbrot, nach Weißwürsten und, wie sie sagt, auch ein wenig nach ihren Adoptiveltern. Sie fuhr zurück. Seitdem pendelte sie zwischen Bayern und Israel. Dort hat sie Adam getroffen. Sie haben sich auf einer Party kennen gelernt und stellten fest, dass nicht nur ihre Vornamen zueinander passten.«

»Sind sie jetzt verheiratet«, fragte ich.

»Ja. Adam kommt auch aus einer deutschen Kleinstadt. Seine Eltern waren Holocaustopfer, sie haben das Ganze als Kinder erlebt. Sie sprachen nicht davon. Nie. Adam fragte nicht. Nie. Er studierte Naturwissenschaften, heiratete eine Nachbarstochter und bekam mit ihr ein Kind. Die Ehe ging in die Brüche. Adam, der inzwischen schon viel über seine jüdische Identität nachdachte, ging nach Israel, um sie genauer – du wirst sehen, er denkt halt wissenschaftlich – zu erforschen.«

»Und – wie weit ist er damit gekommen?«, fragte ich.

»Zuerst musste er sich einen Job suchen. Dann traf er Eva. Sie haben beschlossen, eine jüdische Familie zu gründen, und gingen nach Deutschland, denn das war ihre Heimat. Jetzt leben sie in Berlin.«

»Und Lydia?«, wollte ich noch wissen.

»Lydia? Sie ist eine sensible, intelligente Frau,

aber auch sehr lustig. Sie wird dir ebenfalls gefallen. Lydias Eltern lebten in Ostberlin. Sie waren früher Kommunisten. Die Großeltern kamen aus der Tschechei, haben das Konzentrationslager überlebt. Auch Lydias Mutter war als junges Mädchen dort. Sie hat die tätowierte Nummer, weißt du ...«

»Ja, ja, ich weiß.«

»Lydias Vater starb früh, und Lydia ging mit ihrer Mutter in den Westen. Sie heiratete einen wohlhabenden, gut aussehenden Mann. Einen großen, blonden ...«

Das konnte ich mir vorstellen.

»Er hatte zwar im Prinzip nichts dagegen, dass sie Jüdin ist, bat sie aber, es seinen Eltern nicht zu erzählen, weil sie sonst etwas empfindlich reagieren könnten, wie er sagte.«

»Und damit war sie einverstanden?«, warf ich ein. »Ja, ja – es ist noch immer nicht sehr weit mit unserem Selbstbewusstsein«, antwortete ich mir selber.

»Das ändert sich jetzt«, versicherte mein Sohn entschieden. »Nun, eines Tages fand Lydia in dem Familienalbum ein Foto des Großvaters ihres Mannes. In SS-Uniform. Darunter stand ›In Erinnerung an die gute alte Zeit, Euer Herbert‹.«

»Sie hat ihn aber nicht deswegen verlassen?«, fragte ich ungläubig.

»Nein, deswegen nicht.« Jakob schüttelte den Kopf. »Erst Monate später. Sie war gerade mit

dem zweiten Kind schwanger, da eröffnete ihr schöner Mann ihr, dass er eine Freundin habe. Diesmal reagierte Lydia etwas empfindlich. Sie ließ sich scheiden. Danach wurde ihr klar, dass sie nie eine richtige Familie hatte und dass sie die Mutter zweier jüdischer Kinder war. Sie fand, dass sie ihren Kindern etwas schuldig ist, und beschloss, ihnen eine Familie zu geben – eine selbstbewusste, eine jüdische. Sie wusste nur nicht, wie sie das anfangen sollte. Also fing sie mit uns an«, schloss Jakob lächelnd.

Die restliche Zeit, die uns von dem Sabbatabend trennte, verbrachte ich mit Einkaufen und Kochen. Mit der jüdischen Küche bin ich vertraut. Sie gehört zu dem wenigen aus der jüdischen Tradition, das mir meine Mutter beigebracht hat. Vielleicht, weil man dabei nicht viel reden muss.

Ich hatte mir ein schönes, rundes Sabbatmenü ausgedacht: Zuerst Hühnersuppe mit Nudeln – das essen auch Kinder gern. Danach sollte es gehackte Entenleber mit hart gekochten Eiern geben, auch jüdischer Kaviar genannt. Dann als Hauptgericht geschmortes Putenfleisch in Zwiebelsoße mit Rosinen und Mandeln. Früher, in meiner Familie, nahm man natürlich Rindfleisch, aber die Zeiten ändern sich. Dazu *kascha-warnischkes*, in Butter geschwenkte Nudeln mit Buchweizen. Ich wollte noch eine große Schüssel frischen Salat dazu machen, als Verbeugung vor der modernen Ernährungsart. Mein Sohn fand das ziemlich überflüssig. Das Dessert hatte uns Eva versprochen: einen Apfelkuchen mit dem schönen Namen Charlotte.

Den ganzen Donnerstagabend saß ich am Küchentisch, schnipselte, schnitt und hackte. Dicke Tränen liefen mir übers Gesicht – vor lauter Zwiebeln waren meine Augen ganz rot geworden. Die Töpfe waren so voll, dass ich eine ganze Kompanie hungriger Soldaten satt gekriegt hätte.

Besonders auf meine Suppe war ich stolz. »Du musst Hühnerfleisch nehmen«, sagte meine Mutter, »und viel, viel Gemüse. Und eine ganze Zwiebel musst du mitkochen, und Nelken und Muskat. Dazu Nudeln natürlich und weiße Bohnen, bei uns heißen sie *bobess, gekochte.*« Die Suppe duftete in der ganzen Wohnung.

Sie kamen und waren mir sofort sympathisch. Der große, dunkelhaarige Adam mit den grauen Schläfen, die kleine, zierliche Lydia, die etwas runde Eva – und die Kinder. Wir unterhielten uns ein wenig vor dem Essen.

»Ich habe gestern mit den Kindern in der Oper ›Peter und der Wolf‹ gesehen«, erzählte Lydia. »Sie waren begeistert.«

»Möchtest du ein Instrument lernen, ein Musiker werden?«, fragte ich höflich den kleinen Benni.

»Nein«, antwortete er und schaute mich an. Er

hatte schwarze Augen und die längsten Wimpern, die ich je gesehen habe. »Es gibt schon so viele Musiker«, meinte er ernst. »Ist rausgeschmissenes Geld ...«
»Was möchtest du dann werden?«
»Arzt«, sagte er kurz, nahm Rosa an der Hand und setzte sie aufs Sofa.
»Es gibt aber auch viele Ärzte«, gab ich zu bedenken.
»Aber auch viele Kranke«, antwortete er und begann seiner Schwester die Schuhe auszuziehen.
»Lass uns anfangen!«, rief Jakob und rieb sich die Hände. Er setzte Benni seine kleine Mütze, *kippa* genannt, auf, was dem Jungen sofort ein besonders religiöses Aussehen verlieh.

Und so sitzen wir jetzt alle am Tisch und kennen kein Gebet.
»Bei uns zu Hause gab es drei Gebetbücher ...«, fängt Lydia wieder an.
»Mama, träum nicht!«, höre ich meinen Sohn sagen. »Zünde endlich die Kerzen an und sprich den Segen!«
Adam reicht mir die Streichhölzer.
»Nein! Stopp! Zuerst die Kinder segnen!« Mein Sohn hat ein Buch neben dem Teller liegen und schaut hinein.
Wir segnen die Kinder. Benni schlägt die Augen nieder und senkt den Kopf mit dem Ausdruck eines Filmstars, der es gewöhnt ist, im Mittel-

punkt zu stehen. Rosa will vorher noch unbedingt ihre Schuhe wieder anziehen, das verzögert die Zeremonie etwas.
»Und jetzt die Kerzen …« Jakob guckt vorsichtshalber noch mal ins Buch.
Also zünde ich die Kerzen an und spreche mit zitternder Stimme den Segen. Eva kann Hebräisch, schießt es mir durch den Kopf, vielleicht sage ich was Falsches. Ich beende etwas stotternd das Gebet und frage sie gleich: »Du sprichst gut Hebräisch, Eva, wie ich höre?«
»Ja.«
»Habt ihr beim Militär auch Gebete gelernt?«
»Nein. Das nicht.« Sie ist tatsächlich nicht gerade geschwätzig.
»Und jetzt essen wir die Suppe!«, verkündet Rosa laut und schwingt ihren Löffel.
Ich springe auf, nehme den schönen neuen Suppentopf vom Herd und stelle ihn auf den Tisch. Die silberne neue Suppenkelle lege ich daneben.
»Mutter!«, zischt Jakob. »Noch nicht! Jetzt kommt der Segen über die Brote und den Wein«, erklärt er uns, und ich stelle den Topf zurück auf den Herd.
»Warum ist das Brot zugedeckt?«, fragt Benni und zuckt mit den Wimpern.
»Weil, wie es in der Bibel steht, das Manna unten von der Erde und oben vom Tau vor den Vögeln geschützt war …«
»Warum?«, fragt Benni.

»Weil der liebe Gott den Juden in der Wüste Manna schickte, damit sie nicht verhungerten. Und damit die Vögel das Manna nicht zuerst fraßen, musste es geschützt werden.«
Jakob bricht das Brot, und wir teilen es uns. Ich stelle wieder die Suppe auf den Tisch, nehme sie aber gleich wieder weg, weil …
»Jetzt der Wein!«
»Warum sind es zwei Brote?«, wollte Benni noch wissen.
»Weil« – Jakob blättert in seinem Buch – »die Juden am Freitag die doppelte Menge Manna sammelten.« Er macht eine Pause. »Ich will hier nicht den Rabbiner spielen.« Er lächelt etwas schüchtern. »Wir üben alle noch. Es ist schon so bei uns, dass wir alle hundert oder zweihundert Jahre neu anfangen müssen …«
»Ja, so ist unsere Geschichte …«, meint Adam. »Wir müssen unsere Rituale immer wieder neu lernen, weil die, die sie kannten und hätten weitergeben können, umgebracht worden sind. Das ist nicht neu.«
»Immer sollten die Juden vernichtet werden und blieben doch am Leben …«, sagt Lydia nachdenklich.
»Ihre Kultur wurde zerstört, und doch gab es immer welche, die sie neu aufgebaut haben«, ergänzt Jakob.
»Vielleicht, weil wir sie tief im Herzen tragen, auch wenn es uns nicht bewusst ist, auch wenn

uns die Worte fehlen für ein Gebet«, füge ich hinzu.
»Wisst ihr, dass Kolumbus …«, Adam nimmt einen Schluck von dem Wein.
»Was, Kolumbus war auch Jude?«, ruft Lydia.
»Er hatte, das sagen die Historiker, zumindest jüdische Vorfahren, die zum Übertritt zum Christentum gezwungen wurden. Man nannte sie *conversos*. Es wird vermutet, dass Kolumbus den Juden emotional sehr verbunden war. Es waren auch *conversos* auf dem Schiff, als er sich auf die Suche nach einem neuen Seeweg machte.«
»Waren sie bedroht?«, fragt Lydia.
»Die *conversos*, die ihre jüdischen Bücher und Rituale beibehalten hatten, lebten in ständiger Bedrohung durch die Inquisition«, erklärt Adam.
»Für Kolumbus hätte es sicher sein Todesurteil bedeutet«, ergänzt Jakob, »wenn …«
»Und jetzt kommt das Puppentheater!«, ruft Rosa plötzlich laut.
»Aber nein, Rosa, ich habe dir doch schon gesagt«, meint ihre Mutter ungeduldig und errötet etwas, »erst in zwei Wochen. Ich habe ihr das Puppentheater versprochen«, sagt sie entschuldigend in die Runde. »Jetzt fragte sie dauernd danach.« Sie wendet sich wieder an ihre Tochter. »Erst in vierzehn Tagen, verstehst du?«
»Noch so viel schlafen?« Rosa hebt ihre beiden

kleinen, verschwitzten Händchen hoch und spreizt die Finger. »So viel?«
»Und noch vier dazu«, belehrt sie ihr Bruder.
»Rosa betrachtet noch mal ihre Hände, sucht angestrengt die vier fehlenden Finger. Schließlich gibt sie auf: »Jetzt möchte ich die Suppe essen.«
Ich stelle erneut den Suppentopf auf den Tisch.
»Wir müssen uns noch die Hände reichen und *Schabbat schalom!* wünschen«, sagt Jakob.
»Bei uns zu Hause gab es drei Gebetbücher.« Lydia schließt die Augen.
O weh, denke ich, sie kann sich doch an ein Gebet erinnern. Jetzt wird sie uns aus den Büchern zitieren, die Suppe wird endgültig kalt.
»Aber wir konnten sie nicht lesen«, fährt sie fort, »weil keiner von uns Hebräisch konnte. Auf zwei Büchern saß ich immer, weil ich so klein war. Das dritte hat man mir hinter den Rücken geklemmt, damit ich gerade sitze.«
»Mahlzeit!«, sagt Adam.
»*Schabbat schalom!*«, sagt Jakob. Er nimmt die silberne Kelle und verteilt die Suppe. Sie schmeckt wirklich köstlich

Roma Ligocka
mit Iris von Finkenstein

Das Mädchen im roten Mantel

Straße für Straße, Haus für Haus werden wir eingekreist. Wir versuchen dem Stein gleich zu sein, den Mauern gleich zu sein, nicht vorhanden zu sein. Und nie die Hand loszulassen, die wir umklammern. Wenn man die loslässt, ist sie im nächsten Augenblick vielleicht verschwunden. Menschen gehen und kommen einfach nicht wieder.

Roma Ligocka ist zwei Jahre alt, als alle Juden aus Krakau und Umgebung im Ghetto zusammengepfercht werden. Wie durch ein Wunder überlebt sie. Doch das Grauen, das für sie als Kind das Normale war, hat sie nicht mehr verlassen. Es lauert dicht unter der Oberfläche des Lebens.

»Bewegende Erinnerungen. Ein Buch, das ein Stück düsterer europäischer Geschichte spiegelt. Und das Porträt einer intelligenten, kämpferischen Frau.«
Brigitte

»Ein Buch über eine Frau, die im Leben steht und sich wehrt. Eine Frau, in der man sich aber auch wiedererkennen kann.«
Süddeutsche Zeitung

»Dabei geht es nie darum, Literatur zu schreiben, bloß die Wahrheit.«
Spiegel Reporter

DROEMER

Paul Kohl

Schöne Grüße aus Minsk

Weißrussland während des Zweiten Weltkriegs: Ein Jahr nach dem deutschen Überfall auf die Sowjetunion trifft der naive junge Journalist Felix im besetzten Minsk ein, um für das NS-Propagandablatt *Minsker Zeitung* zu berichten. Doch eigentlich will er seine jüdische Freundin Hilde aus dem Ghetto befreien. Ehe er sich versieht, gerät er zwischen alle Fronten.
Ein spannender dokumentarischer Roman von außerordentlicher Eindringlichkeit über die Verbrechen der Wehrmacht und die Schrecken der NS-Herrschaft – erschütternd und bestürzend wie »Schindlers Liste«.

»Paul Kohls Buch lässt nur einen Schluss zu:
Der ›saubere‹ Krieg im Osten ist ein Mythos,
es hat ihn nie gegeben.«
Ruhr Nachrichten

»Ein ungewöhnliches Bild der Zeit des Krieges
gegen die Sowjetunion. Der Leser wird von Anfang bis
Ende durch eine eindringliche Sprache gefesselt.«
Saarbrücker Zeitung

DROEMER